国际大奖小说

国际安徒生奖 纽伯瑞儿童文学奖银奖

黑 珍 珠

The Black Pearl

[美] 斯·奥台尔 / 著

陈伟民 / 译

天津出版传媒集团

新蕾出版社

图书在版编目（CIP）数据

黑珍珠/（美）奥台尔（O'Dell,S.）著；陈伟民译. —天津：新蕾出版社，2011.4（2025.7重印）
（国际大奖小说）
书名原文：The Black Pearl
ISBN 978-7-5307-5068-1

Ⅰ.①黑…
Ⅱ.①奥…②陈…
Ⅲ.①儿童文学–长篇小说–美国–现代
Ⅳ.①I712.84
中国版本图书馆CIP数据核字(2011)第034167号
THE BLACK PEARL by Scott O'Dell
Copyright ⓒ 1967 by Scott O'Dell
Published by arrangement with McIntosh and Otis, Inc.
Simplified Chinese translation copyright ⓒ 2008
by New Buds Publishing House
ALL RIGHTS RESERVED
津图登字：02-2007-121

出版发行：新蕾出版社
http://www.newbuds.com.cn

地　　址	天津市和平区西康路35号（300051）
出 版 人	马玉秀
电　　话	总编办（022）23332422
	发行部（022）23332351　23332677
传　　真	（022）23332422
经　　销	全国新华书店
印　　刷	天津新华印务有限公司
开　　本	880mm×1230mm　1/32
字　　数	62千字
印　　张	4.25
版　　次	2011年4月第1版　2025年7月第40次印刷
定　　价	25.00元

著作权所有，请勿擅本书制作各类出版物，违者必究。
如发现印、装质量问题，影响阅读，请与本社发行部联系调换。
地址：天津市和平区西康路35号
电话：(022)23332677　邮编：300051

前言

一辈子的书

梅子涵

亲近文学

一个希望优秀的人,是应该亲近文学的。亲近文学的方式当然就是阅读。阅读那些经典和杰作,在故事和语言间得到和世俗不一样的气息,优雅的心情和感觉在这同时也就滋生出来;还有很多的智慧和见解,是你在受教育的课堂上和别的书里难以如此生动和有趣地看见的。慢慢地,慢慢地,这阅读就使你有了格调,有了不平庸的眼睛。其实谁不知道,十有八九你是不可能成为一个文学家的,而是当了电脑工程师、建筑设计师……可是亲近文学怎么就是为了要成为文学家,成为一个写小说的人呢?文学是抚摸所有人的灵魂的,如果真有一种叫作"灵魂"的东西的话。文学是这样的一盏灯,只要你亲近过它,那么不管你是在怎样的境遇里,每天从事

国际大奖小说

怎样的职业和怎样地操持,是设计房子还是打制家具,它都会无声无息地照亮你,使你可能为一个城市、一个家庭的房间又添置了经典,添置了可以供世代的人去欣赏和享受的美,而不是才过了几年,人们已经在说,哎哟,好难看哟!

谁会不想要这样的一盏灯呢?

阅读优秀

文学是很丰富的,各种各样。但是它又的确分成优秀和平庸。我们哪怕可以活上三百岁,有很充裕的时间,还是有理由只阅读优秀的,而拒绝平庸的。所以一代一代年长的人总是劝说年轻的人:"阅读经典!"这是他们的前人告诉他们的,他们也有了深切的体会,所以再来告诉他们的后代。

这是人类的生命关怀。

美国诗人惠特曼有一首诗:《有一个孩子向前走去》。诗里说:

有一个孩子每天向前走去,

他看见最初的东西,他就变成那东西,

那东西就变成了他的一部分……

如果是早开的紫丁香,那么它会变成这个孩子的一部分；如果是杂乱的野草，那么它也会变成这个孩子的一部分。

我们都想看见一个孩子一步步地走进经典里去，走进优秀。

优秀和经典的书，不是只有那些很久年代以前的才是，只是安徒生，只是托尔斯泰，只是鲁迅；当代也有不少。只不过是我们不知道，所以没有告诉你；你的父母不知道，所以没有告诉你；你的老师可能也不知道，所以也没有告诉你。我们都已经看见了这种"不知道"所造成的阅读的稀少了。我们很焦急，所以我们总是非常热心地对你们说，它们在哪里，是什么书名，在哪儿可以买到。我就好想为你们开一张大书单，可以供你们去寻找、得到。像英国作家斯蒂文生写的那个李利一样，每天快要天黑的时候，他就拿着提灯和梯子走过来，在每一家的门口，把街灯点亮。我们也想当一个点灯的人，让你们在光亮中可以看见，看见那一本本被奇特地写出来的书，夜晚梦见里面的故事，白天的时候也必然想起和流连。一个孩子一天天地向前走去，长大了，很有知识，很有技能，还善良和有诗意，语言斯文……

同样是长大，那会多么不一样！

国际大奖小说

自己的书

优秀的文学书,也有不同。有很多是写给成年人的,也有专门写给孩子和青少年的。专门为孩子和青少年写文学书,不是从古就有的,而是历史不长。可是已经写出来的足以称得上琳琅和灿烂了。它可以算作是这二三百年来我们的文学里最值得炫耀的事情之一,几乎任何一本统计世纪文学成就的大书里都不会忘记写上这一笔,而且写上一个个具体的灿烂书名。

它们是我们自己的书。合乎年纪,合乎趣味,快活地笑或是严肃地思考,都是立在敬重我们生命的角度,不假冒天真,也不故意深刻。

它们是长大的人一生忘记不了的书,长大以后,他们才知道,原来这样的书,这些书里的故事和美妙,在长大之后读的文学书里再难遇见,可是因为他们读过了,所以没有遗憾。他们会这样劝说:"读一读吧,要不会遗憾的。"

我们不要像安徒生写的那棵小枞树,老急着长大,老以为自己已经长大,不理睬照射它的那么温暖的太阳光和充分的新鲜空气,连飞翔过去的小鸟,和早晨与晚间飘过去的红云也一点儿都不感兴趣,老想着我长大了,我长大了。

"请你跟我们一道享受你的生活吧!"太阳光说。

"请你在自由中享受你新鲜的青春吧!"空气说。

"请你尽情地阅读属于你的年龄的文学书吧!"梅子涵说。

现在的这些"国际大奖小说"就是这样的书。

它们真是非常好,读完了,放进你自己的书架,你永远也不会抽离的。

很多年后,你当父亲、母亲了,你会对儿子、女儿说:"读一读它们,我的孩子!"

你还会当爷爷、奶奶、外公和外婆,你会对孙辈们说:"读一读它们吧,我都珍藏了一辈子了!"

一辈子的书。

目录

The Black Pearl

黑珍珠

第 一 章	"恶魔魟鱼"	1
第 二 章	"赛拉查父子珍珠行"	6
第 三 章	塞维利亚人	18
第 四 章	老印第安人	29
第 五 章	首次潜水	33
第 六 章	"神珠"	40
第 七 章	回家	47
第 八 章	真正的"完美无瑕"	56
第 九 章	父亲的决定	60
第 十 章	庆祝仪式	69
第十一章	风暴来袭	75
第十二章	失窃	81
第十三章	塞维利亚人的诡计	87
第十四章	魟鱼追来	93
第十五章	登上死岛	99
第十六章	重返海洋	104
第十七章	浴血奋战	111
第十八章	崭新的一天	118

第一章

"恶魔魟鱼"

在我们拉巴兹城,或者在遥远的海滨一带,或者在加利福尼亚海湾崇山峻岭里,人人都听到过"恶魔魟鱼"①的传说,据说世界上别的地方也有许多人知道它。可是在这成千上万人当中只有两个人真正看见过"恶魔魟鱼",并且这两个人中只有一个人还活着,这个人就是我——拉蒙·赛拉查。

拉巴兹城和加利福尼亚海湾的许多人都说他们看到过"恶魔魟鱼"。晚上,围着火堆,老人们常给儿孙讲自己遇到"恶魔魟鱼"的故事;妈妈们也总爱拿"恶魔魟鱼"来吓唬不听话的孩子,威吓他们要把这一可怕的怪物从

---

① 魟鱼又称无刺蝠鲼,分布在印度洋、太平洋和我国南海,体呈菱形,宽达六米多。青褐色,口宽大,眼能侧视和俯视。头侧有一对头鳍,向前突出,背缩小,尾细长如鞭。行动敏捷,以浮游甲壳类和小型鱼类为食,进攻时会突然跃起压住对方,航海者看见这种鱼都很害怕。

海底深处召唤来。

现在我已有十六岁。我小的时候，要是做了不该做的事情，母亲会一本正经地对我说："拉蒙，下次再这样，我就要告诉'恶魔𫚉鱼'。"

母亲曾经对我说："'恶魔𫚉鱼'比停在拉巴兹港里最大的船还大，它有七只月牙形的眼睛，颜色像龙涎香，嘴里有七排牙齿，每一颗牙齿都有你父亲的托利多刀[①]那么长。这些牙齿咬断人的骨头，就像咬断几根牙签一样轻而易举。"

我那些小伙伴们的妈妈也拿"恶魔𫚉鱼"来威吓他们。她们说的"恶魔𫚉鱼"跟我母亲知道的多少有些不同：不是牙齿多一些少一些，就是眼睛不是月牙形的，或者就是只有一只眼睛，不是七只。

我的祖父是拉巴兹城里最有学问的人。他能读会写，还能一字不错地背诵几首长诗。他说他曾经在白天黑夜里看到过三五次"恶魔𫚉鱼"。他形容的样子跟我所知道的更为相近。

尽管如此，我还要添一句，老人和妈妈，甚至我祖父，没有一个人能够说出"恶魔𫚉鱼"的真实模样。

[①]托利多是西班牙中部的一个城市，以生产优良品质的刀剑著称。

要是神父列那雷斯今天还活着,他倒可以告诉我们真实情况,因为据说他是第一个看见"恶魔𫚉鱼"的人,那还是一百多年以前的事情。

据说那时"恶魔𫚉鱼"还有爪子,舌头像一把叉子,在拉巴兹一带地面上东逛西游,跑到哪里,哪里的庄稼就枯死,空气就发臭。就在那时,神父列那雷斯以上帝的名义,命令"恶魔𫚉鱼"离开陆地,住到大海里去。"恶魔𫚉鱼"听从了他的命令。

我不知道神父列那雷斯后来是否还看见过"恶魔𫚉鱼",不过我知道"恶魔𫚉鱼"住进大海以后,就失去了爪子,失去了叉子一样的舌头和难闻的气味,变成了我从没见过的最美丽的动物。真的,美极了。可它是不是那个一百多年前让神父列那雷斯从陆地上赶出去的恶魔,这一点就很难说了。

还有一点,我早先并不相信真有"恶魔𫚉鱼"存在。每当我母亲用它来吓唬我,我会暗自发笑,也许我没有笑出声来,不过我确实是笑了,这么一个庞然大物怎么能活在世上呢?如果真有这么一个东西,母亲怎么会跟它搞得这么熟,想和它说话就说话,想叫它来它就来呢?

尽管如此,母亲一讲到"恶魔𫚉鱼",我还是会感到血液冰凉,头皮发麻,不过我喜欢有这样一种感觉。我要自己相信"恶魔𫚉鱼"确实存在于什么地方,母亲叫它来

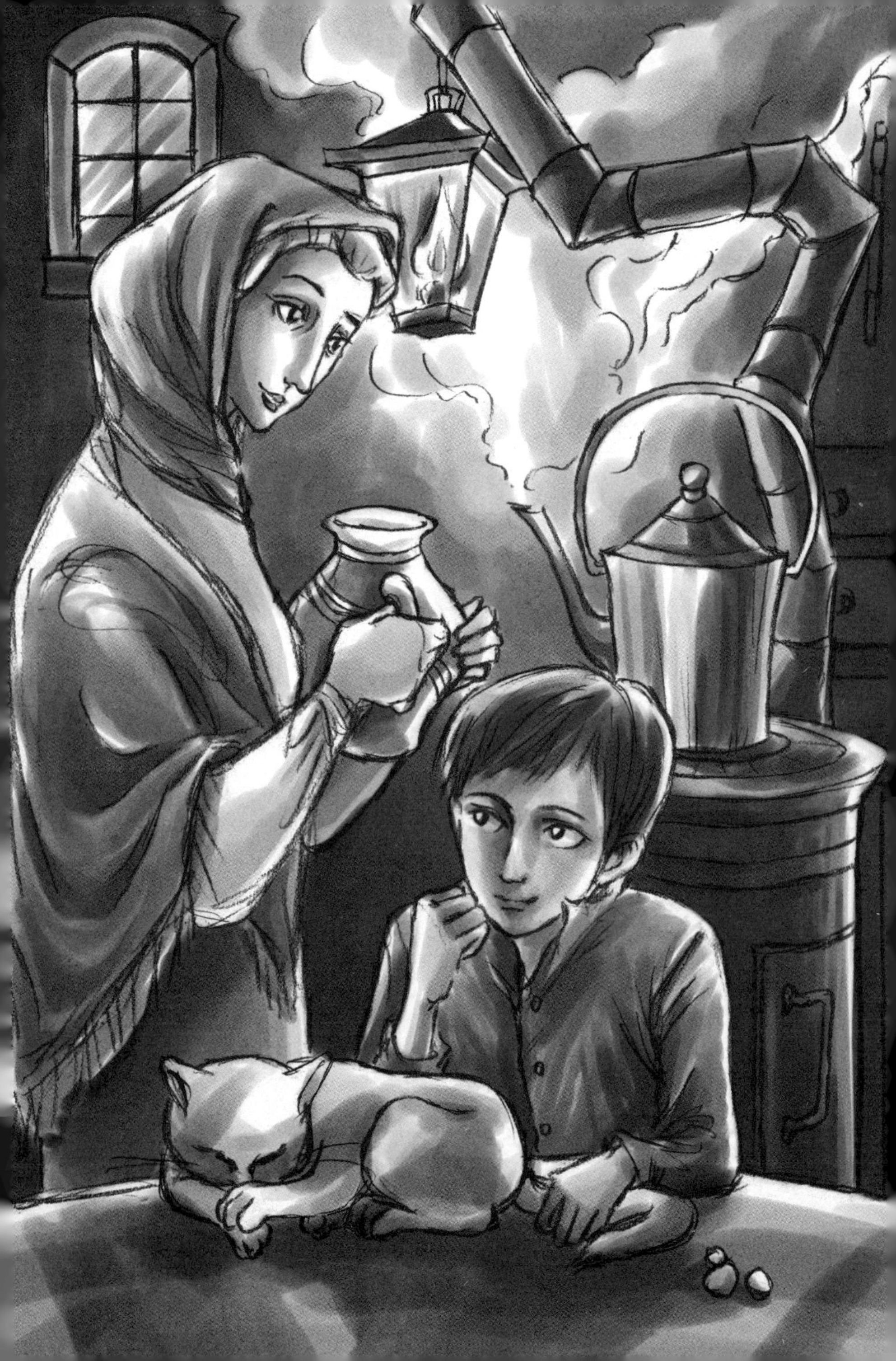

它就会来。这样，我就可以看见它，数数它的眼睛和牙齿，而母亲呢，到了最后关头也会对它解释，说我已经答应做个好孩子，因为她毕竟不想要"恶魔魟鱼"来咬碎我的骨头。

这些都是很久以前的事情。现在我已经亲眼看见过"恶魔魟鱼"，并且和它整整搏斗了一个黑夜加上大半个白天，地点就在我们那里的佛密令海，跟我在一起的还有加斯泼·路易斯，那个塞维利亚人。真怪，我以前竟会不相信"恶魔魟鱼"的存在。

不过在讲到那段冒险经历之前，也就是讲到我们与"恶魔魟鱼"在平静的海上拼死搏斗和讲到我所知道的"恶魔魟鱼"之前，我还得先讲一讲"神珠"的故事。

第二章

"赛拉查父子珍珠行"

现在看来仿佛是很久以前的事情,其实这件事就在去年夏天,八月里一个非常热的热天。那天,我坐在窗前,看我们那些采珠工人在忙忙碌碌做出海的准备。

我父亲勃拉斯·赛拉查,许多年来一直是整个佛密令海地区最出名的珍珠商。在圭麦斯①、马萨特兰②和瓜达拉哈拉③,甚至远到墨西哥城,人们都知道我父亲,知道勃拉斯·赛拉查能从海里捞到顶呱呱的珍珠。

去年七月,在我生日那天,父亲让我加入了他的行当。这真是一个了不起的节日。人们从城里和好几里地以外赶来,喝奶油可可,吃现烤的猪肉,那天最最重要的

---

①圭麦斯:墨西哥西北部、加利福尼亚海湾边上的一个海港城市。
②马萨特兰:墨西哥西部的一个城市,面临太平洋。
③瓜达拉哈拉:墨西哥第二大城市,西南部哈利斯科州首府。

头等大事是在宴会开始时,父亲拿出一块早就准备好的招牌,把它钉在办公室的门上。招牌上写着"赛拉查父子"几个花体金字,底下是"珍珠行"几个小字。

父亲容光焕发,洋洋得意。"拉蒙,"父亲指着招牌说,"看哪!现在有两个赛拉查做珍珠买卖了,他们会比从前多做一倍生意,货色比从前还要好。瞧这两个赛拉查,他们会向世界各个角落出售名贵的珍珠!"

我望着招牌,眼睛一眨一眨,真想扯着嗓子叫唤几声。就在这时,父亲说话了:"拉蒙,放下你的袖子。"这句话使我觉得自己不大像个赛拉查珍珠行的合伙人,倒像个小娃娃。

我算不上瘦骨伶仃,不过按年龄来算,未免有些瘦小,我的手腕很细,父亲对此觉得脸上无光。他自己又高又大,想到儿子又瘦又弱,很不自在;想到别的什么人会有这种想法,当然更不乐意。

后来父亲把我带进办公室,教我如何打开笨重的铁保险箱,给我看大大小小形状和色泽各不相同的珍珠,这些珍珠放在一排排衬有黑天鹅绒的盘子里。

父亲对我说:"明天我开始教你。先教你怎样正确使用天平,因为珍珠的重量很要紧;然后我给你讲珍珠的各种形状,这也很重要;最后,我要教你怎样拿一颗珍珠对着光照,用肉眼去辨别上等珍珠、一般珍珠,还是蹩脚

珍珠。这样好好儿干,等活到我这个岁数,你就会成为全国最了不起的珍珠行家,那时你还可以把我教给你的全部东西再教给你的儿子。"

四个月前的这一天是我有生以来最快活的一天,也不是万事如意的一天。除了父亲那句叫我难堪的"拉蒙,放下你的袖子"外,还有一桩一直使我非常担心的事情。

父亲在向我解释这也要学那也要学,我却生怕自己不会很快就有机会跟船出海采珠。好多年来,我一直盼着快快长大,好跟船出海。父亲早就说过,等我长到十六岁就带我出海,教我在深水里潜水。这话他说过好多次,我呢,在一个星期一个星期地计算,盼望自己快满十六岁。现在总算长到十六岁了,可我还是不能学潜水采珠,我得先学会许多别的事情。

我们的办公室里有一扇小窗,其实只是一个狭长的裂口,高高地嵌在石头中间,说它是窗,倒不如说它是牢房的透气孔。窗子造成这个样子,连最瘦小的贼也钻不进来,却又能从窗子里一览无余地眺望沙滩和拉巴兹海湾。更妙的是,沙滩上那些忙着开贝壳的人也说不准是否有人在看着他们。有时候这很管用。

那天早上,我坐在桌子旁边,看见我们赛拉查珍珠行五条蓝色的船停泊在海湾里,岸上放着一只只淡水桶、一盘盘绳子和一些其他用品,准备搬运上船。父亲在沙滩上走来走去,催促工人们抓紧干活儿,他想赶在退潮的时候出发。

不到三个小时就要退潮,我想趁这个工夫把桌子上所有的珍珠细细看一遍。有九颗珍珠要看,要称,要分类注册,所以我赶紧动起手来。

桌子底下有一个包得方方正正的包袱,里面放着我的短裤、背心和一把很长很锋利的刀,这把刀是从前我祖父送给我用来防备鲨鱼的。我已经做好跟船队一起出发的准备,只要父亲点头就行。不管怎样,我已经下定决心求他答应让我一起去。

桌子上最大的一颗珍珠有我的大拇指尖那么大,可惜是扁的,还有几个疵点,刮也刮不掉。我把它放到天平上,刚好超过35谷①。我用心算把谷换算成克拉②,记在账簿新的一页上:扁形珍珠一颗,色泽暗,重11.34克拉。

第二颗珍珠表面光滑,呈梨形。我拿它对着光,无论转到哪个角度,都可以看到它发出琥珀色的柔光。我把它放上天平,然后在账上记下:梨形珍珠一颗,琥珀色,重3.3克拉。

我把第七颗珍珠放在天平一头,然后小心翼翼地在

①谷:英美重量最小的单位,1谷=64.8毫克。
②克拉:宝石重量单位,1克拉=200毫克。

天平另一头放上小小的铜砝码,使两边平衡。正在这时,我听到了办公室外面我父亲的脚步声,我的手抖起来,一颗砝码从手指间掉了下来。一会儿,沉重的铁门打开了。

我父亲身材高大,有着古铜色的皮肤,那是海上强烈的阳光晒出来的。他非常强壮,有一次两个人打架,我看见父亲一把抓住两个人的后颈,把他们拎在空中来了个头碰头。

我靠着桌子坐在高凳上。父亲穿过房间朝我走来,看了看账簿。

"你干得好快,"他说,"从我早晨走开到现在,你已经称了六颗珍珠,还给它们估了价。"他在衬衫下摆上擦了擦手,从盘子里拿起一颗珍珠问我:"这颗珍珠,你是怎么评价的?"

"圆形,质地一般,重3.5克拉。"我回答说。

父亲在掌心里来回滚动那颗珍珠,然后拿它对光照了一照。

"你说它只是质地一般,可它却称得上一颗国王的明珠呢。"

"那准是个可怜的国王。"我说。跟父亲干了四个月,我学会了发表自己的意见。"拿它靠近光,你可以看见里面有瑕疵,大概在中间,有一条浑浊的隐线。"

父亲在手心里滚动珍珠。"稍微处理一下就可以去掉瑕疵。"他说。

"我不这么认为。"

父亲笑着把珍珠放回盘子里。"我也不这么认为。"他说着,在我背上重重地拍了一下,"你学得好快,拉蒙,用不了多久,你会懂得比我还多。"

我深深地吸了一口气。这对于我想提出的事情,可不是一个好的开场,不,一点儿都不是。不过现在我必须开口了,趁我父亲没离开之前。一个小时之内潮水就要退去,船队就要离港。

"爸爸,你很久以前答应过我,说等我到了十六岁就带我出海,教我潜水采珠。我想今天就去。"

父亲没有回答。他大步走到窗洞前面,从隔板上拿起单筒望远镜,凑在一只眼睛前,朝外张望。一会儿他放下望远镜,两手合成话筒,在窗洞口大声喊叫。

"喂!靠在木桶上的阿旺多,去给马丁传话,他就靠在圣泰莱莎号舵柄上,跟他说,时间不多了,要做的事情还有一大堆呢。"

父亲站在那里望着窗洞外,等阿旺多把他的话传到。

"要是你跟船去,"他对我说,"那么赛拉查家的男人就一下子全到海上去了。要是起了风暴,把我们俩都淹

国际大奖小说

死了,那会怎么样?我可以告诉你,那就是说'赛拉查父子珍珠行'完蛋啦,我白白辛苦了一场。"

我回答说:"可现在海上风平浪静。"

"说这个话足见你对海一点儿也不了解。现在风平浪静,那么明天呢?明天它就会被切伯斯科①抽得倒竖起来的。"

"在一两个星期里没有大风。"

"那么鲨鱼呢?章鱼呢?那些章鱼拧断你的脖子,就像拧断小鸡脖子一样容易。还有成群结队的大魟鱼,条条都有我们的船那么大,条条都比我们的船重一倍。你说,你怎么对付它们?"

"我有祖父给我的刀。"

父亲哈哈大笑,像是一头公牛在吼,声音在屋子里震荡。

"这把刀快得不得了喽?"他讥讽地问。

"快极了。"

"嗬,就算你十分走运,来得及斩断章鱼八条触手中的一条,剩下的七条也会把你卷起来,挤出你的舌头,夺去你的性命。"

我又吸了一口气,把我最好的理由端出来。

---

① 切伯斯科:当地一种海风的名称。

黑 珍 珠

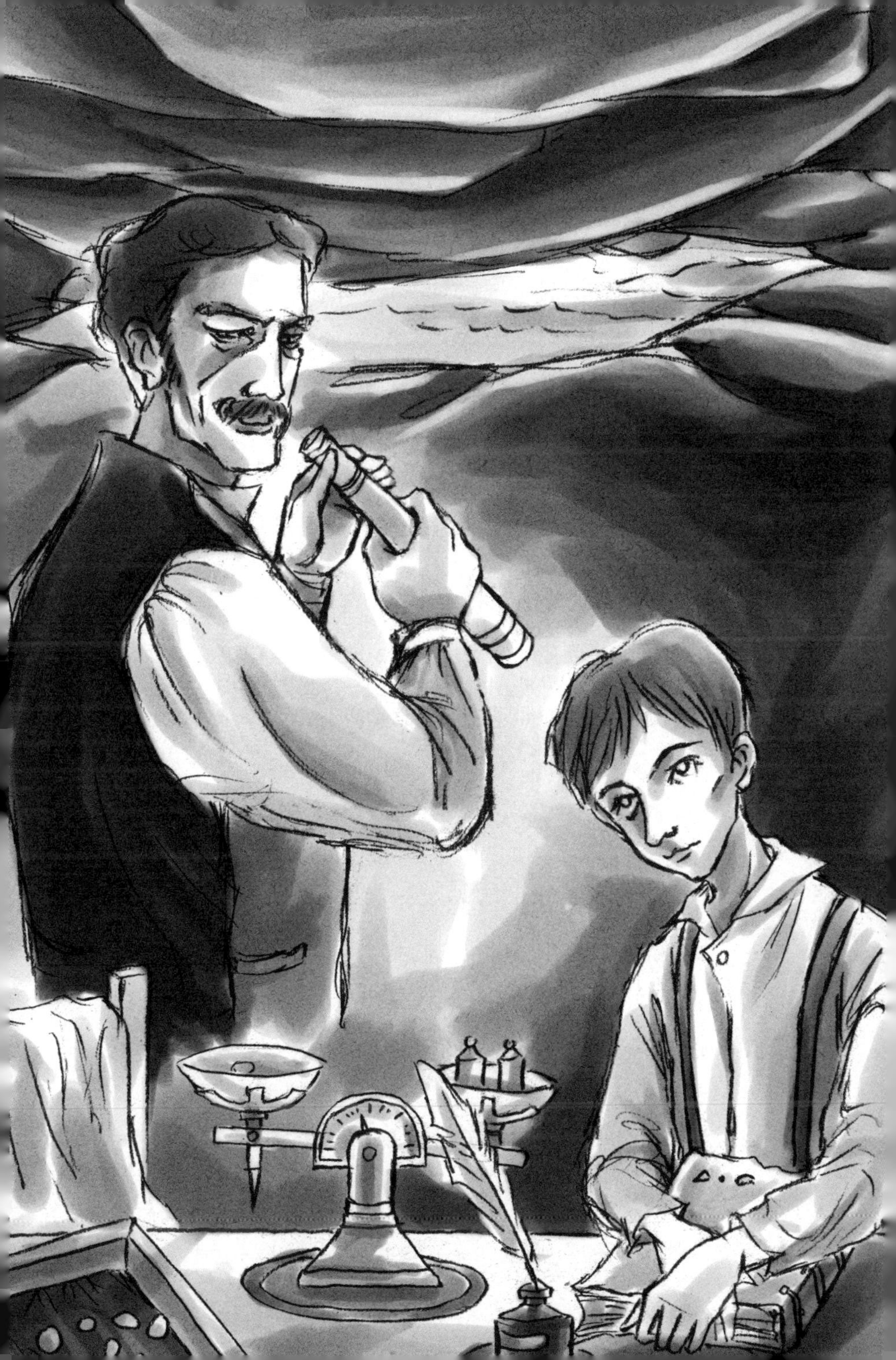

"爸爸，要是你让我去，别人潜水的时候我可以留在船上，我可以拉拉篮子，管管绳子呀。"

我看着父亲的脸，发现他脸上的表情不再像刚才那么坚决了。

"我可以顶高律特的位子。"我趁热打铁赶紧说道，"有人来请过假，爸爸。高律特的妻子中午来过，说她丈夫病了，不能出海，我忘了告诉你。"

父亲走到铁门前，开了门，望望天空和月桂树光滑的叶子。树叶静悄悄地挂在树枝上。他关上门，把一盘珍珠放进保险箱，上了锁。

"走。"他说。

我赶紧拿起包袱。我们谁也不说话，走过街道，沿着弯弯绕绕的小路向上攀，到教堂去。教堂坐落在山崖上。船队出海前，父亲总要到这里来，祈求圣母马利亚保佑他们平安无事；船队归来，父亲做的第一件事就是赶到这里来，感谢圣母让大伙儿平安回来。

教堂里没有人，后来我们找到了加拉德神父，把他从午睡中叫醒。父亲和我低头跪在地上，加拉德神父站在圣母像旁，伸出手给我们祝福。

"圣母马利亚，怜悯这些人吧，"加拉德神父嘴里念着，"保佑他们顺风顺水，保佑他们平安无事，让他们无病无痛，满载而归。"

加拉德神父祈祷完毕,我抬起头来,望着圣母马利亚。圣母穿一身白丝绒,静静地站在贝壳镶成的壁龛里,她明明是个少妇,却偏偏长着一张孩子脸;她那金褐色的宽面颊像印第安人,一双大大的杏眼却又像卡斯蒂勒①女人,可她既不是印第安人,也不是西班牙人。

我还在盯着圣母像看,父亲在我肩膀上捏了一下,要我跟他走。

我们走出去,在月桂树下站了一会儿。

"看你胳膊下面那个包袱,我想你早晨出门前准跟你母亲说过了。"父亲说。

"我没说过。我想现在去跟她说一声,就说我跟你一起出海去。"

"不用了,我会派人去捎信的。你去只会耽误时间,我们已经晚了,再说,去了少不了哭哭啼啼。对出海来说,这可不是好兆头。"

一个孩子站在远处看着我们。父亲叫他过来,交给他一张字条,要他带给我母亲。然后我们下山朝海滩走去。太阳正在下山,可我还是能清清楚楚地看见我们的船队,五条漂漂亮亮的蓝色小船停在港里,在逐渐暗淡的阳光下,船看上去泛出银光,像是活泼的银鱼游在海

---

① 卡斯蒂勒:从前西班牙北部的一个王国。

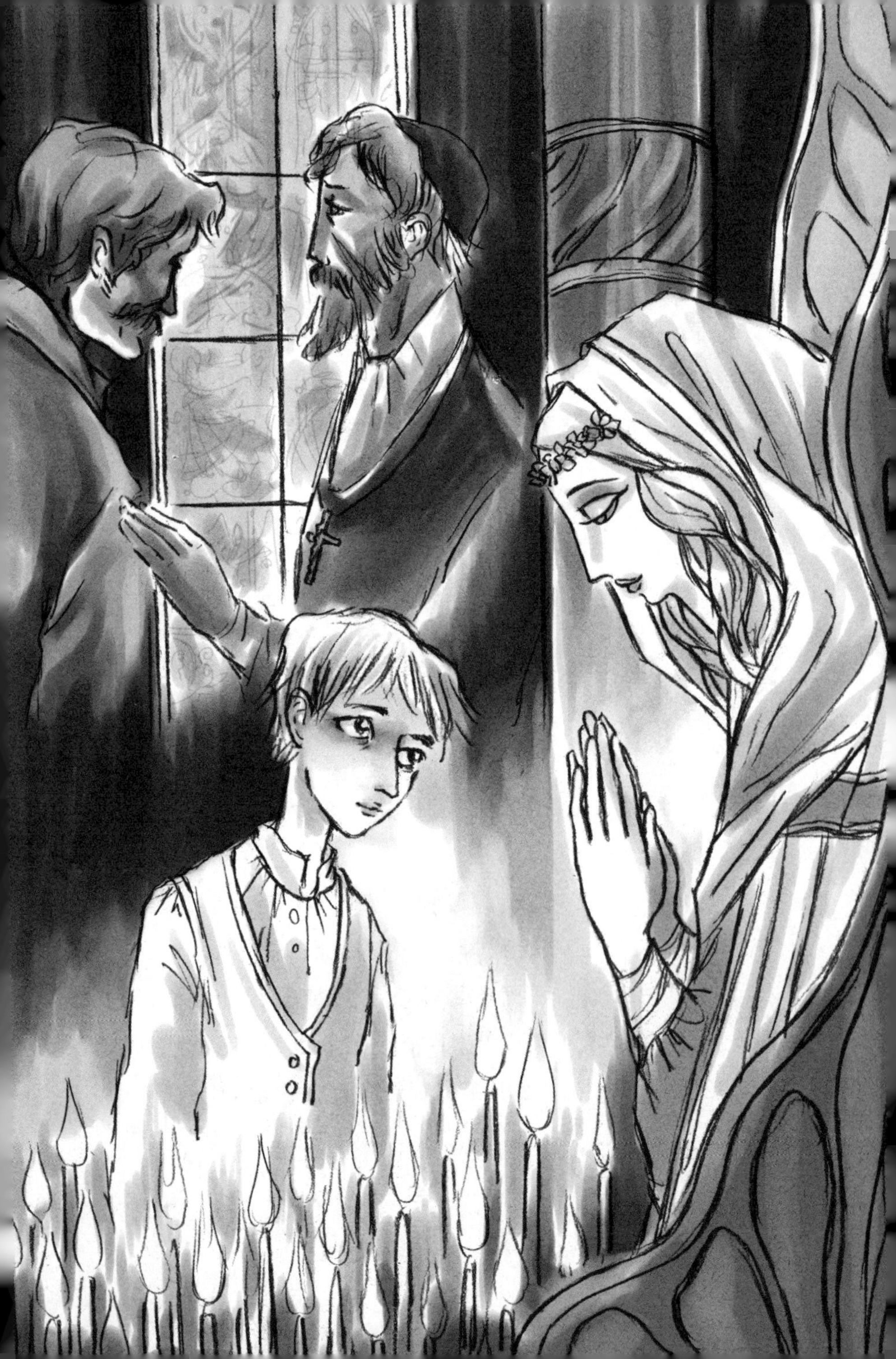

港里。再过去是港湾,延伸出去几里格①远,夹在埃斯匹雷多·桑多岛的岬角和大海之间。

　　下山的时候,我想问父亲许多事情,可脑袋里兴奋得嗡嗡直响,想不出一句话说。

---

①里格:1里格约等于3海里。

第三章

塞维利亚人

我们的船队有五条船,每条大约有二十英尺长,船身宽阔,船头船尾翘得高高的,形状像小划子,船上都有一张小小的方形帆。这些船都在拉巴兹海滩上打造出来,木料却从马萨特拉桃花心木树林里砍来,五条船都以圣徒命名,一律漆成蓝色,跟深海里的水色相仿。

每条船上都有四五个人。我上的"圣泰莱莎"号,除了我和父亲,还有一个印第安人和一个名叫加斯泼·路易斯的青年人。

这个路易斯大约一个月以前来到我们城里,他说他来自西班牙的塞维利亚,因此我们叫他塞维利亚人。

路易斯身材高大,肩膀又宽又结实,肌肉像是铜打铁铸的;金黄色的头发又厚又密,罩在头上像顶钢盔;一对眼睛湛蓝湛蓝的,漂亮极了,姑娘们看到他都会心动;他的脸也长得漂亮,不过嘴角暗藏的一丝冷笑却不好看。

此外，整个佛密令海，找不到比路易斯更好的潜水采珠工。有些人能在水下待两分多钟，而对塞维利亚人来说，潜水三分钟也不为难。有一次为了避开一条大灰鲨，他不得不在水下待了足足四分钟，钻出水面还是笑嘻嘻的。

他还是个吹牛大王，吹他在西班牙和别的地方干了些什么什么。他不光在嘴上吹嘘这些事情，还把其中一些刺在身上。有一幅是用红、绿、黑三种颜色刺的，画面是加斯泼·路易斯跟有一打触手的章鱼在搏斗；另外一幅刺的是他把一柄长剑刺进一头横冲直撞的公牛身上；另外还有一幅是路易斯赤手空拳，正在掐死一头黑豹。

这些画面刺在他肩上、臂上，甚至腿上，使他看起来简直就像一条活动画廊。

那天晚上，船还没驶出多远，塞维利亚人就开始吹他自己了。他背靠桅杆，讲了一个很长的故事，讲他有一次如何潜入波斯湾，发现一颗比鸡蛋还大的珍珠。

"你到手以后怎么办了？"父亲问他。

"我把它卖给了伊朗国王。"

"卖了好多钱吗？"

"多，多极了。我用这笔钱买下了一支采珍珠的船队，比你的船还多。要不是船队在一次大风暴里淹没，我

早成了富翁。"

塞维利亚人接着谈起了那次大风暴,那准是世界上从来没见过的大风暴,他还谈到他如何逃命和救他的船员等等。

在我成为父亲的合伙人之前,有时候我在沙滩上看见塞维利亚人,那是在船开出去之前或开进来之后,有时候我也在市场上看见他。他身边老有一圈人围着听他讲故事。可不知为什么,我总觉得他的故事是讲给我听,而不是讲给别人听的。有一次我开玩笑地对他说,我知道他的故事里面有一个是假的。他发火了。

"你不相信我说的是真话?"他咬牙切齿地说道。我还没来得及回答,他又说:"你是有钱人家的儿子,住的是大房子,吃的是好菜好饭,生下来到如今没干过屁大的事,今后也不会干什么大事。"

我惊呆了,一句话也讲不出。塞维利亚人看着我,朝我跨近一步,把声音放低说道:"你父亲是富人,我父亲是穷人,我连他的名字都不知道。从会走路起,我就开始做事。我这一生做过许多事情,怎么做就怎么讲,从来不说假话。因此,老弟,你说话要留点儿神。"

我嘟哝着道了歉,走开了。我听见他在对朋友们说话,他以为我走远了,听不见。

"刚才走开的那小子,你们有没有注意到他的红头发?根根竖在头上,活像公鸡的鸡冠。呵,那小子有非洲人血统,只有摩尔人[①]和柏柏尔人[②]才有那样的红头发。异教徒!"

我真想回去跟他吵一架。他比我大,比我强壮,腰里还佩着一把刀,但并不是因为这些我才退让的。我知道,我在大庭广众面前跟人吵架,不管什么理由,父亲都会认为是在败坏赛拉查家族的名声。因此我压下自己的自尊心,继续朝前走,只当没有听见。

我没有跟父亲提起过这场口角,后来碰到塞维利亚人我也不说什么,就像不记得他对我说过些什么,也不记得我还听到过些什么。我当了珍珠行合伙人以后,他常到办公室来领钱,我还是像从前那样对待他。不过我没有忘记那次口角,我敢肯定,他也没有忘记。

那天晚上船开出港口,塞维利亚人坐下来吹他如何在大风暴里救出全体船员,当时,我又觉得他在故意讲给我听,而不是讲给别人听。我觉得他想激我说些什么,他可以当着我父亲的面叫我出丑,所以我光听不出声。

拂晓,我们到达采珠场。五条船停成一线,下面是一

[①]摩尔人:指北非摩洛哥、毛里塔尼亚、马里等地的柏柏尔人后裔。

[②]柏柏尔人:北非古老的居民,现部分居住在山区和沙漠地带,至今仍保留原有的语言和生活方式,仍称柏柏尔人。

块暗礁，生长着许多海贝。

对我来说，一切都很新鲜。一到能听故事的年龄，我就从父亲和祖父那里，从小伙伴们那里，听到许多采珠场的故事。我那些小伙伴们都是采珠工人的儿子。但是真正来到海上，看着太阳从染成紫铜色的云雾中升起，看着人们从船上滑到清澈得像空气一样的水里，对我来说，可算是长期梦想的一部分得到实现。

父亲给我示范如何等篮子装满后拉上来，如何把蚌堆放在船上。完了以后，他一手托住一块石头，一手把绳子绕成一盘绳圈，一头系在石头上，一头系在船上，然后抓起篮子和连在篮上的绳子，跳下水去。父亲带着这块沉重的石头一直潜到水底。

透过清澈的水，我看见他放下石头，从腰里抽出一把很大的刀，开始从礁石上撬下贝来。篮子装满，他拽一下绳子，我就把绳子往上一拉。过了一会儿，父亲冒到水上来，身后是他嘴里吐出的一串气泡。我按照父亲的吩咐，把贝堆好，把石头拉上来，准备下次潜水再用。

塞维利亚人比我父亲先下水，父亲第二次潜水他还在水里。他钻出水面，手攀船舷抬头看我。

"干得怎么样？"他说。

"我在学呢。"

"没什么好学的，老弟。把贝拉上来，把石头放下去，然后把贝堆好,等一会儿,又从头做一遍,这是小孩子们干的活儿。"

他口气很随便,还带着笑,不过我明白他的意思。

"下水才有劲呢。"我说。

"有劲得多,老弟,可也危险得多。"

他指指他那条搁在船舷上的胳膊,从肘部到手腕有一条锯齿形长疤,就像手臂是从钢夹里硬拉出来的一样。

"这条疤是驴蚌①留给我的。有一次我把手伸进一个口子里,只听得'啪'的一声,原来那不是一个口子,而是驴蚌的嘴巴。它可真称得上是个驴蚌祖宗。那位驴蚌先生死死咬住我,可我没因为它就丢了手臂,这你可以看到。那是在波斯湾,不过这里也有许多驴蚌。"他又看了我一眼,嬉皮笑脸地说,"老弟,你还是待在船上的好。"

跟塞维利亚人搭档的那个印第安人把石头递给他,塞维利亚人不再跟我多说,又潜下水去。那天上午他没再跟我多说话。中午,"圣泰莱莎"号装满了蚌,重得往下沉,那是因为塞维利亚人一个人干了三个人的活儿。父亲叫他去帮别的船干活儿。

下午,塞维利亚人冒出水面换气时招呼我说:"留

---

① 驴蚌:当地人对一种特大贝壳的俚称。

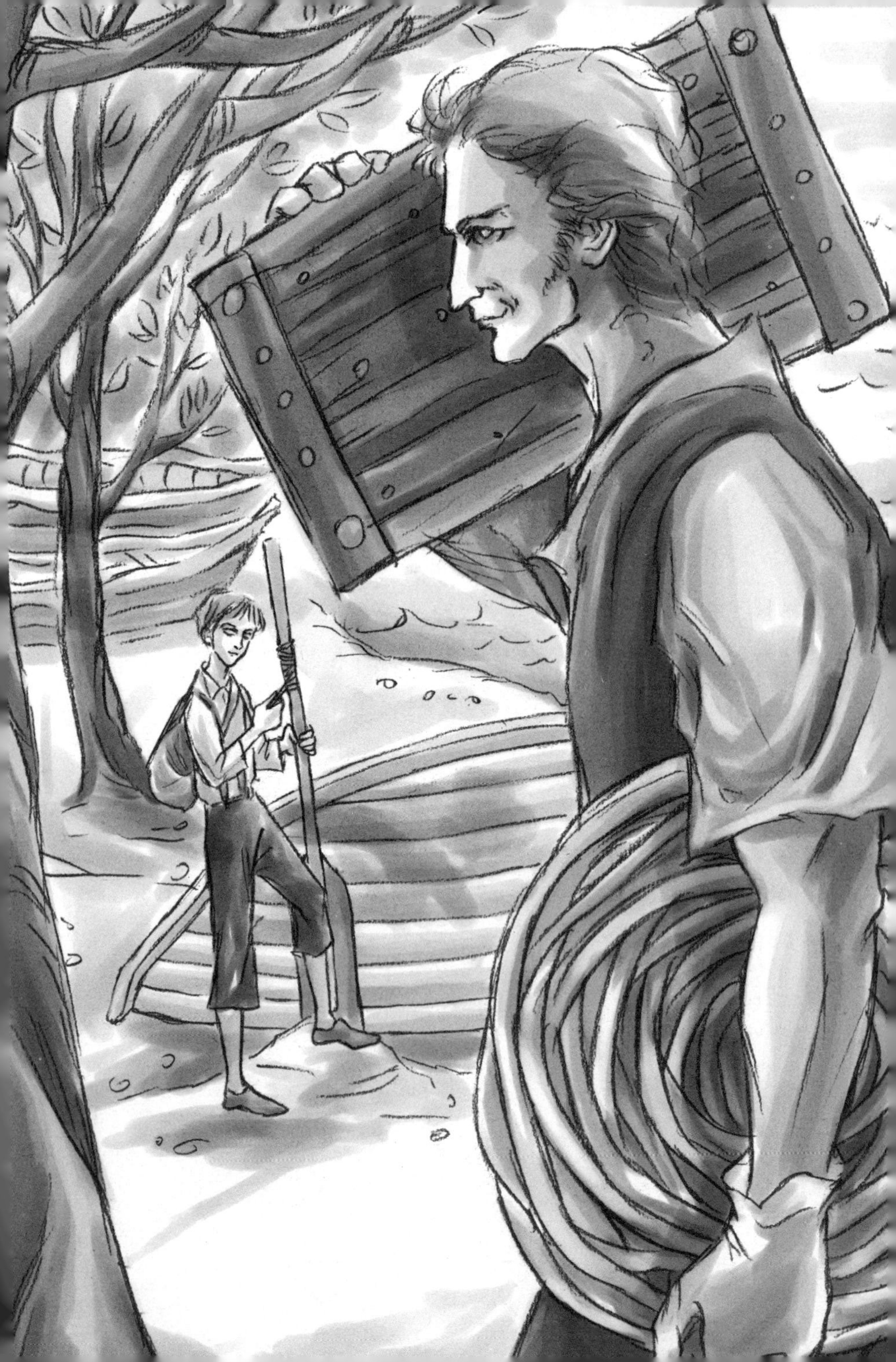

神,老弟,别让绳子绊住脚。"要不就是说,"赛拉查先生,当心别掉下水,水里有鲨鱼。"

整个下午,我听到的净是这类话。虽说塞维利亚人通常总是在他以为我父亲听不见的情况下才对我说话,可是这些话父亲还是听见了。

"他是个惹是生非的家伙,"父亲说,"不过让他去讲好了。他讲这些,对你有什么关系?别忘了,他是我们手里最好的采珠工人,再说,我们到这里来是为了珍珠,又不是为了别的什么。"

天黑之前,五条船全装满了,开始返航。月亮升起来了,一阵疾风,把帆鼓得满满的。塞维利亚人兴致很高,就像这一天他从来没有下过水似的。他躺在贝壳堆上,又讲起了他在波斯湾发现大珍珠的故事。这个故事他早讲过,这一次添油加醋讲得更长,我还是觉得他是在跟我讲故事,而不是在跟别人讲。

我听着听着,脑海里渐渐形成一个梦境。这是个奇特的梦境,它使我忘记了我默默忍受的耻笑,我仿佛觉得自己坐在一只小船上,来到佛密令海一个神秘的礁湖里。我把刀插进裤带,抓起篮子和石头,钻到了水底。鲨鱼在我周围慢慢地游来游去,可我一点儿也不把它们放在眼里。我从礁石上撬下一只又一只贝壳,装进篮子。我在水下待了三四分钟,蹿出鲨鱼圈子,爬上船把贝壳一

国际大奖小说

只只切开。什么也没有。只剩下最后一只了，真叫人扫兴。我打开这最后一只贝壳，正准备扔掉，忽然看见一颗比我拳头还大的珍珠躺在贝壳里，光灿灿有如一团燃烧的火……

就在我想伸手去抓那颗珍珠的一刹那，塞维利亚人的话音忽然刹住。他腾地跳起身，站在贝壳堆上，手指着月亮在船尾照出来的一条水路。

"魟鱼，"塞维利亚人大声叫着，"'恶魔魟鱼'！"

我连忙跳了起来。起先什么也看不见，后来船被冲上一个浪巅，我这才看出一个银白色的影子在水里游，半露出水面，离我们不到二百米远。

说实在的，我不得不说尽管魟鱼很好看，可是对佛密令海上航行的人来说，它的样子够怕人的。有些小魟鱼，就是长足了，两个鳍尖之间的宽度也不超过十英尺，但也有一些，要宽上一倍，重量多半在三吨左右。

这两种魟鱼的样子都像是一只巨大的蝙蝠，在水里游动时，宽阔的鳍有规律地一上一下拍着水；它们都有一张大嘴，大得人能够毫不费力地把头伸进去；魟鱼的喉咙两边长着两瓣东西，像两只手臂，会伸出来抓取食物。

稀奇的是，它们的食物不是我们那里到处都有的鱼群，而是虾、蟹之类的小生物。大多数魟鱼都有一条小鲫鱼①在身子底下游来游去,据说还在魟鱼嘴里进进出出,清除嵌在魟鱼扁平牙齿中间的食物。

尽管魟鱼一般不向人进攻,它还是一种可怕的动物。要是什么人不留神伤了它,它的长尾巴轻轻一抽便会打断人的脖子,它的鳍微微一掀就能打翻最最结实的船。

"魟鱼,'恶魔魟鱼'!"塞维利亚人又嚷了起来。他的印第安人助手连滚带爬跑到船头,缩在那里,嘴里嘀嘀咕咕不知说些什么。

"不!"父亲说,"这不是'恶魔魟鱼',我看见过'恶魔魟鱼',比这条要大一倍呢。"

"到这里来你可以看得更清楚些。"塞维利亚人说,"这是'恶魔魟鱼',我跟它是老相识。"

我敢肯定塞维利亚人是想吓唬那个印第安人,我父亲心里也是这么想的,他猛敲了一下舵柄,爬到塞维利亚人站的地方,朝船尾方向看了一会儿,又跑回舵柄那里。

"不!"父亲说得很响,好让那个印第安人听见,"它甚至不配做'恶魔魟鱼'的小妹妹。"

印第安人不再出声,不过还是怕得要命。我望着游

---

①鲫鱼:又称舟狮、䲟鱼,常用吸盘吸在大鱼身体下面或船底下,肉可食。

在船后面的<u>魟鱼</u>,它那两张伸展开来的鳍就像巨大的银翅。我想起了从前一听到"恶魔<u>魟鱼</u>"这个名字就害怕的情景。

最后,<u>魟鱼</u>看不见了。将近拂晓,我们绕过守护在港口外面形状像蜥蜴舌头的一块陆地买哥达,给船下了锚。我和父亲踏着月光回家去。

"说起塞维利亚人,"父亲说道,"我再跟你重复一遍。对他要客气,听他吹,装作什么都相信,这是个十分危险的年轻人。上星期我才从一个住在库利亚根的朋友那里知道,塞维利亚人原来出生在那个地方。他根本就没去过塞维利亚和西班牙任何地方,也没去过波斯湾,除了这里的佛密令海一带,他哪儿也没去过。还有,他在库利亚根打过好几次架,有一次还出过人命。"

我答应父亲听从他的嘱咐。一路走回家去,我又想起我的梦境,想起那颗大珍珠。我想,要是塞维利亚人看到这颗珍珠,他会多么吃惊。

第四章

老印第安人

四天过去了。我站在桌旁,耳朵上夹着一支笔,面前摊着皮面账簿,眼睛望着一艘正在绕过"蜥蜴舌头"尖的独木舟。这是一艘红颜色的独木舟,跑得很快,单凭这点,我就知道这是印第安人山打·罗尚的独木舟。

我很高兴和罗尚见面,他向我父亲出卖珍珠已有好多年了。罗尚差不多每三个月来一次,每次只带来一颗珍珠,决不多带,不过珍珠的质量总是顶呱呱的。我跟父亲干活儿后不久,罗尚拿来过一颗漂亮的珍珠,有两克拉多重。

罗尚把独木舟拖上沙滩,登上小路走来。我望着他,巴望他会带来一颗像上次那样的珍珠,因为上次出海收获太小,五船贝壳里找不出一颗滚圆或梨状的珍珠,只有扁的和奇形怪状的,都没有什么光泽。

罗尚轻轻地敲了敲门。我去开门,请他进来坐下。

"我走了一夜,"罗尚说,"要是你不在意的话,我倒

情愿站一会儿。"

罗尚从来不肯坐一坐。他长着两条印第安人的细腿,不过胸部宽厚,手臂粗壮,能一连划几小时船都不觉得疲倦。

罗尚说:"今天早上我碰见你们的船,靠近马勒多纳多那里。"

"他们到赛纳尔佛岛去。"

"这一带采珠不太顺手吧?"老印第安人挺机灵地看我一眼说。

"不,很顺手!"我说,他来出卖珍珠,跟他说采珠不顺手是不聪明的。

"那么船为什么要到赛纳尔佛去呢,先生?"

"那是因为我父亲想要搞到几粒黑珍珠。"

老印第安人在衬衣里摸索,掏出一个破布包,解了开来。"我这里有一颗黑珍珠。"

我一眼就看出,这是一颗圆滚滚质量上乘的珍珠,跟我三个月前从他手里买的那颗差不多。我把它放在天平上,用小铜砝码称分量。

"2.5克拉。"我说。

父亲从来不和罗尚讨价还价,给的价钱总很公道,他吩咐我也要这么做。就因为这个缘故,尽管我们城里有四家珍珠行,老罗尚还是把他的珍珠拿到"赛拉查父

子珍珠行"来卖。

"200比索。"我说。

这个数目比我父亲愿意出的价钱大约要多50比索，不过我的脑子里正在考虑一个计划，我有事要求助于他。我数了钱给他。老罗尚把钱放进衣袋，可能暗自在想：这小子没他老子精明。

"你常拿些好珍珠来，"我说，"你那边的礁湖里一定有不少黑珍珠。要是你同意，我想去一趟，下水找珍珠，找到珍珠我照样付钱给你。"

看得出，老印第安人有点儿为难。

"你不会潜水呀。"他说。

"你可以教我，先生。"

"还在你小时候，我就常听你父亲说，把你养大不是叫你到海里去淹死，也不是送胳膊腿给驴蚌的。"

"父亲到赛纳尔佛去了，一星期内不会回来。"

"那你母亲和姐姐呢，她们会怎么说？"

"她们什么也不会说，她们到洛雷托去了。"我停了停，又说，"你教我潜水，我去找大珍珠，找到了我付钱给你，该付多少就付多少。"

"我找大珍珠找了这么多年，哪儿能一个星期就找到？"

"说不定你下水一次就找到一颗大的。"

老印第安人摸摸胡子拉碴的下巴,我知道他是在想他的妻子,想他那两个还没出嫁的女儿和三个还没成人的儿子,他在想他每天必须养活的几口人。

"你想什么时候去?"他问。

"最好现在就去。"

罗尚提了提磨破的裤子,说:"等我去买一袋豆子,一袋面粉,我们就走。"

老印第安人走了。我把珍珠放进保险箱,上好锁,然后从台子底下拿出包袱,里面有我的一条短裤、一件衬衣和一把刀。我关了门,上好锁,一路走到海滩去,我还在想那颗大珍珠,那颗塞维利亚人吹牛时我在梦境里见到的大珍珠。我想,要是塞维利亚人从赛纳尔佛回来,发现拉巴兹全城的人都在谈论拉蒙·赛拉查找到了那么大一颗珍珠,他会多么吃惊。

这真是一个十分荒唐的梦,只有嘴上没毛的笨蛋才会做这种梦,不过,有时也事有凑巧,梦想竟然实现了。

第五章

首次潜水

老印第安人住的礁湖离拉巴兹大约有七里格远,照例我们在半夜就能到达那里,可是偏偏碰上逆水逆风。我们看到标志礁湖隐蔽入口的两个岬角时,已经将近黎明。

即使你多次经过这个入口,也只会把它当作一个不通任何地方的石洞。可是,当你一钻进石洞,就会发现自己进入了一条伸展半英里或是更长一些的水道,水道很窄,夹在两个岬角之间,像是一条蛇。

太阳刚刚升起,这时水道豁然开阔,我们进入了一个静悄悄的椭圆形礁湖。礁湖两岸耸立着陡峭的山壁,底部伸进水里,远处铺展一片黑沙浅滩,再远处是两棵乱蓬蓬的树,树下面一排小屋,正冒着炊烟。

我的眼前真是一片宁静的景象,跟我们那里零星分布在海岸旁的礁湖很相像,不过这个地方总像有些什么东西使我心神不安。起先我以为那一定是礁湖四周的秃

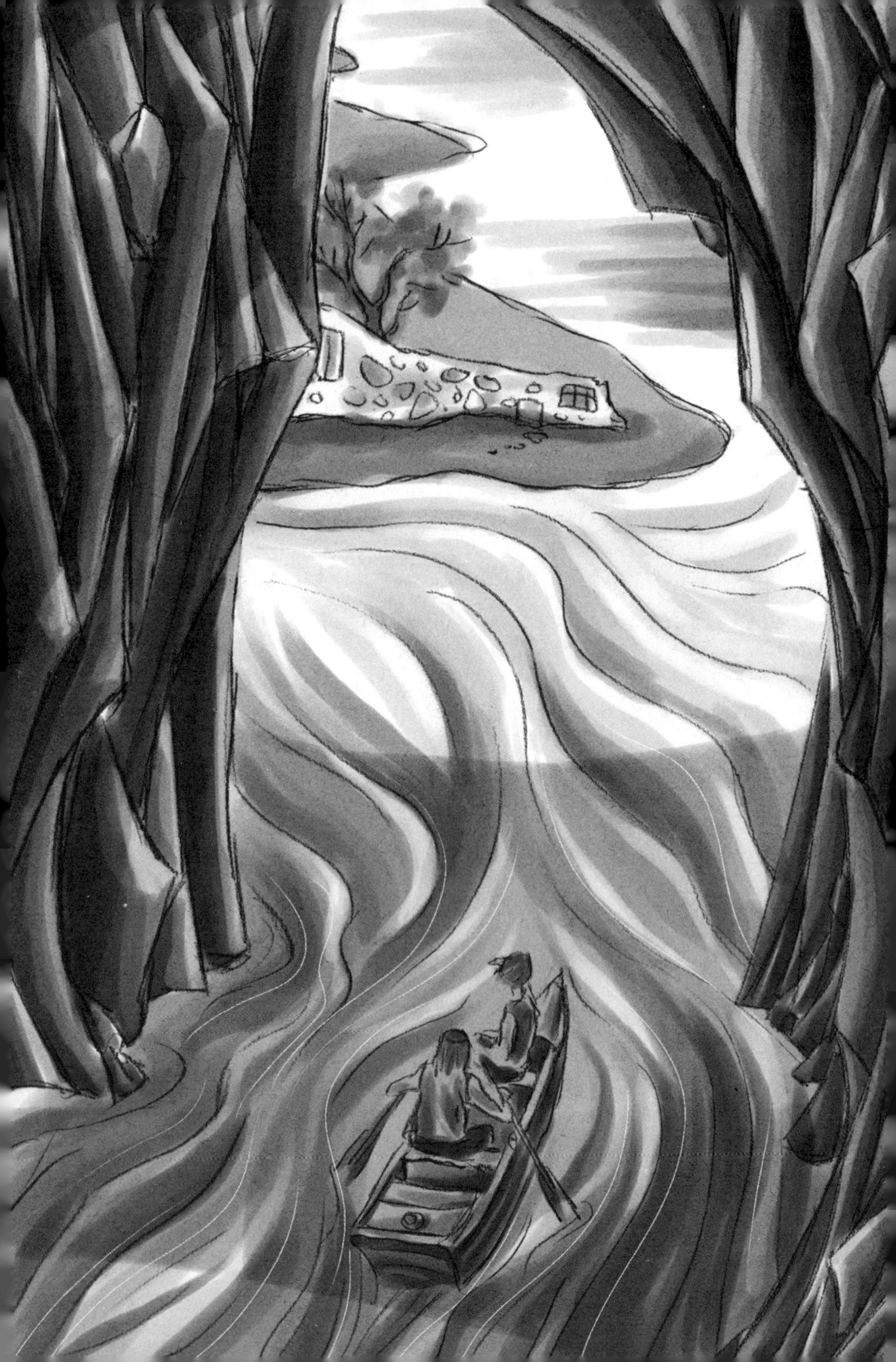

山,是笼罩在湖面上的紫铜色薄雾,是黑色的沙滩,还有那出奇的沉寂。后来我听老印第安人一说,才知道根本不是我起先想的那么一回事。

老印第安人慢吞吞划过礁湖,小心翼翼提起桨来,又小心翼翼插下去,好像他不愿意去惊动湖水。尽管到达礁湖以前,一大半路上他都在讲话,这时却一声不吭。一条灰鲨鱼在独木舟旁边绕了几圈,不见了。老印第安人指指鲨鱼,也没开口。

我们把独木舟拖上岸,登上小路,走向小屋,老印第安人这才开腔:"在礁湖里你最好别开口,不必要的话不说。去潜水时,你也要记住我的话。有人在听着呢,它的脾气说来就来。"

印第安人迷信月亮、太阳和一些鸟兽,特别是郊狼①和猫头鹰,因此,我对罗尚给我的警告并不感到奇怪。

"是谁在听,还会生气?"我问他。

他转过头去张望两次,这才回答我说:"'恶魔魟鱼'。"

"'恶魔魟鱼'!"我好不容易才忍住笑,"它住在你的礁湖里?"

"住在一个洞里。一个大洞,你刚才一出水道就可以

----

①郊狼:产于北美西部草原的一种狼。

看见。"

"水道这么窄,只够一只独木舟通过,'恶魔魟鱼'这样的庞然大物怎么过得去呢?"我说,"不过也许它光住在你的礁湖里,不必出去?"

"不!"老印第安人说,"它到处跑,一跑就是几个星期。"

"那么它总有什么办法游过那条水道。"

"噢,不,就是'恶魔魟鱼'也没这个能耐。另外还有一个出口,一个秘密的出口,在你进入水道那地方附近。它就是从这个洞游到海里去的。"

我们走近两棵乱蓬蓬的树和树下一排小屋,一群孩子奔出来迎接我们。我们吃了早饭,睡了一上午觉,吃过午饭后到礁湖去,这段时间里老印第安人一句也没提起过"恶魔魟鱼"。

我们把独木舟推入水里,准备去找生长贝壳的礁石。这时老印第安人说话了:"雾一散就表明'恶魔魟鱼'已经走了。"

果然,这时红色的雾已经散去,湖水显得晶莹碧绿。我虽然还在偷笑老印第安人迷信"恶魔魟鱼",心情却不由自主地激动起来,很久以前母亲拿这个怪物来吓唬我,我也有过这种激动的心情。

"现在它走了,我们可以说话了。"我说。

"那也要少说几句,得处处留神!"罗尚说,"它在礁湖里有许多朋友。"

"朋友?"

"是的。今天早晨你看到的鲨鱼,还有许多小鱼,都是它的朋友。它们听着呢,等它一回来就把听到的全都告诉它,一句都不漏。"

"它离开礁湖到哪里去?"

"这个我不清楚,有人说它变作一条章鱼,去找那些说过它坏话、做过对不起它的事情的采珠工人;还有人说它变作一个人,跑进拉巴兹城,在街上找冤家对头,有时甚至找到教堂里去。"

"我看你会吓得逃命,离开礁湖的。"我说。

"不,我不怕'恶魔魟鱼',在我之前,我爸爸也不怕它,在我爸爸之前,我爸爸的爸爸也不怕它。好多年前他们就跟'恶魔魟鱼'定了规矩,我现在就照他们的规矩办事。我对它表示敬意,进湖出湖我都要掀一掀帽子①。就因为这个,它才允许我下水去捞黑珍珠。这些黑珍珠是属于它的,我们现在去找的黑珍珠也是属于它的。"

老印第安人静悄悄地把独木舟划向礁湖南岸,我不再问他,我觉得有关"恶魔魟鱼"的事他想说的已经全说

---

①掀一掀帽子是表示礼貌的一种方式,俗称掀帽礼。

了。在一块黑黝黝的暗礁上方,老印第安人把锚抛入两㖊①深的水里,他吩咐我也这么干。

"现在我来教你潜水,"他说,"先从呼吸开始。"

老印第安人耸起肩膀,开始大口大口地吸气,直到他的胸脯看上去大了一倍,然后"呼"地吐出一口长气。

"这叫取风。"他说,"非常重要,你得练一练。"

我照他说的做,可是一口气就把肺吸满了。

"再吸。"老印第安人说。

我又吸了一口气。

"再吸。"

我又试了试,跟着咳嗽起来。

"头一次练习,还算不错,"老印第安人说,"可得多练,这样才能扩张你的肺。现在你跟我一起下水吧。"

我们俩各捧一块石头,吸足气,脚先插入水,从独木舟旁滑下去。暖暖的水像刚挤出来的牛奶,十分清澈,我可以看见起伏的沙子,黑色的礁石和附近游来游去的鱼。

我们到了水底。老印第安人将一只脚伸进连着石头的绳圈,我也照他那样做。他把手搭在我肩膀上,朝礁石上一条水草掩盖的缝道跨进两步。他从腰里抽出刀,猛

---

①㖊:1㖊=1.829米。

地插入缝里,那缝道马上合拢来,不是慢慢合拢,而是"啪"的一声合拢了。老印第安人东扳西扭拔出刀子,脱出脚下的绳圈,示意我也这么做,然后我们对着独木舟往上浮。

老印第安人把刀伸给我看。"你瞧,驴蚌咬的印子。要不是一把刀子,而是一只手一只脚,那就糟了。驴蚌一旦咬住你,就不会松掉,你非淹死不可。所以,脚踩到哪里,手摸到哪里,都要小心。"

直到黑夜降临,我们才停止潜水。老印第安人教了我怎样在水底下小心行走,不把水搅浑;还教了我怎样撬松成团结块的大蚌;怎样打开蚌壳;怎样从蚌壳里寻找珍珠。

那天下午,我们采了好几篮子大蚌,可是除了几颗不像样的珍珠外,什么也没发现。第二天和第三天也是这样。第四天,老印第安人让一只蚌壳割破了手,我只得独自前去礁湖。

就在这一天,我发现了那颗硕大无朋的"神珠"。

第六章

"神　珠"

第四天清晨，湖面上笼罩着一层红色的薄雾。我把独木舟推入水中，开始向老印第安人说的"恶魔魟鱼"的洞穴划去。

太阳出来了，湖面上空还是一片大雾，我好不容易才找到水道，又花了差不多一个小时才发现那个洞。洞隐蔽在一块隆起的石头后面，洞口朝着冉冉升起的太阳，大约有三十英尺宽，一个高个子男人那么高，洞口上部向下弯曲，样子像人的上嘴唇。因为有雾，我看不到洞里去，于是就把独木舟来回划，一直等到太阳升高，雾气消散。

头天晚上，吃过晚饭，女人和孩子都去睡了，我和老印第安人围着一堆火坐下，谈起了这个洞。

"礁湖里什么地方你都去捞过了，"我说，"就是这个洞你没去过。"

"没有。"他说，"我爸爸和我爸爸的爸爸也没去过。"

"那里说不定就有大珍珠。"

老印第安人没有回答,他站起身,在火上添了几根木柴,又坐下来。

"说不定那颗顶大的'神珠'就在这个洞里。"我说。

他还是不吭声。忽然,他在火堆那边抬头看我一眼。这只是飞快的一瞥,然而意思如同他亲口告诉我一般:"我不能去这个洞里找珍珠,我不能去,我怕'恶魔魟鱼',你要去就一个人去吧,'恶魔魟鱼'怪罪不到我身上。"

那天早晨我走向海滩,他没和我一起去。"我手上的伤口痛极了,"他说,"我不去了。"他瞧我的目光跟前一天晚上他瞧我时一样。

上午过去了一大半,太阳总算把雾赶走。从洞口朝里张望能看出一些名堂来了,不过还是望不多远。我把船划进洞口,顷刻,我发现自己进入了一个拱形圆顶的大石室。石室四壁又黑又滑,映着从石缝里透进来的阳光。

靠近洞口的地方,水清极了。我拿起篮子和石头,深深吸一口气,打船边滑进水里。老印第安人教我的我都记住了。

下去大约一㖊半深就到了水底。我把脚伸进绳圈,绳子的一头系着石头。等到背后冒起的水泡消失以后,

那片有大蚌的河床就看得清了,那片河床是我在水面上早就发现的,离洞口只有五步光景。我小心翼翼地踩着沙子往前走,就像老印第安人教我的那样。

这儿净是一些我所见到过的最大的蚌,都有我手臂一半那么长,有我身体那么厚,面上长满女人头发般的海草。我挑选了离我最近的蚌,看上去它比别的容易对付。我拔出刀,不慌不忙地干起来,可是有一群小鱼在我眼前不停地蹿来蹿去,碍手碍脚,因此我还没来得及撬松大蚌,胸口已经闷得发痛,只好浮上水面来。

第二次下水,我刚到水底,就有一条黑影从上面蹿过来,掠过我干活儿的那片河床,这是一条灰鲨的影子。灰鲨是一种温和的鲨鱼,不过等它游开去,我的气就有点儿屏不住了。

我又潜了六次水,每次下去都得抓紧时间干,我用那把快刀猛力砍大蚌贴在礁石上的底部,可它在那里已经长了许多年了,据我猜想在我出生前很久就已经长在那里了,它不肯轻易离开自己的老家。

这时已近黄昏。天色暗下来,我的手出了血,眼睛也被海盐弄得迷迷糊糊。我坐在独木舟里,想到自己白白扔掉了这么多时间,想到了塞维利亚人,想到了他在波斯湾发现的那颗大珍珠。

我吸足气,抱着石头再一次下水。这次只砍了一下,

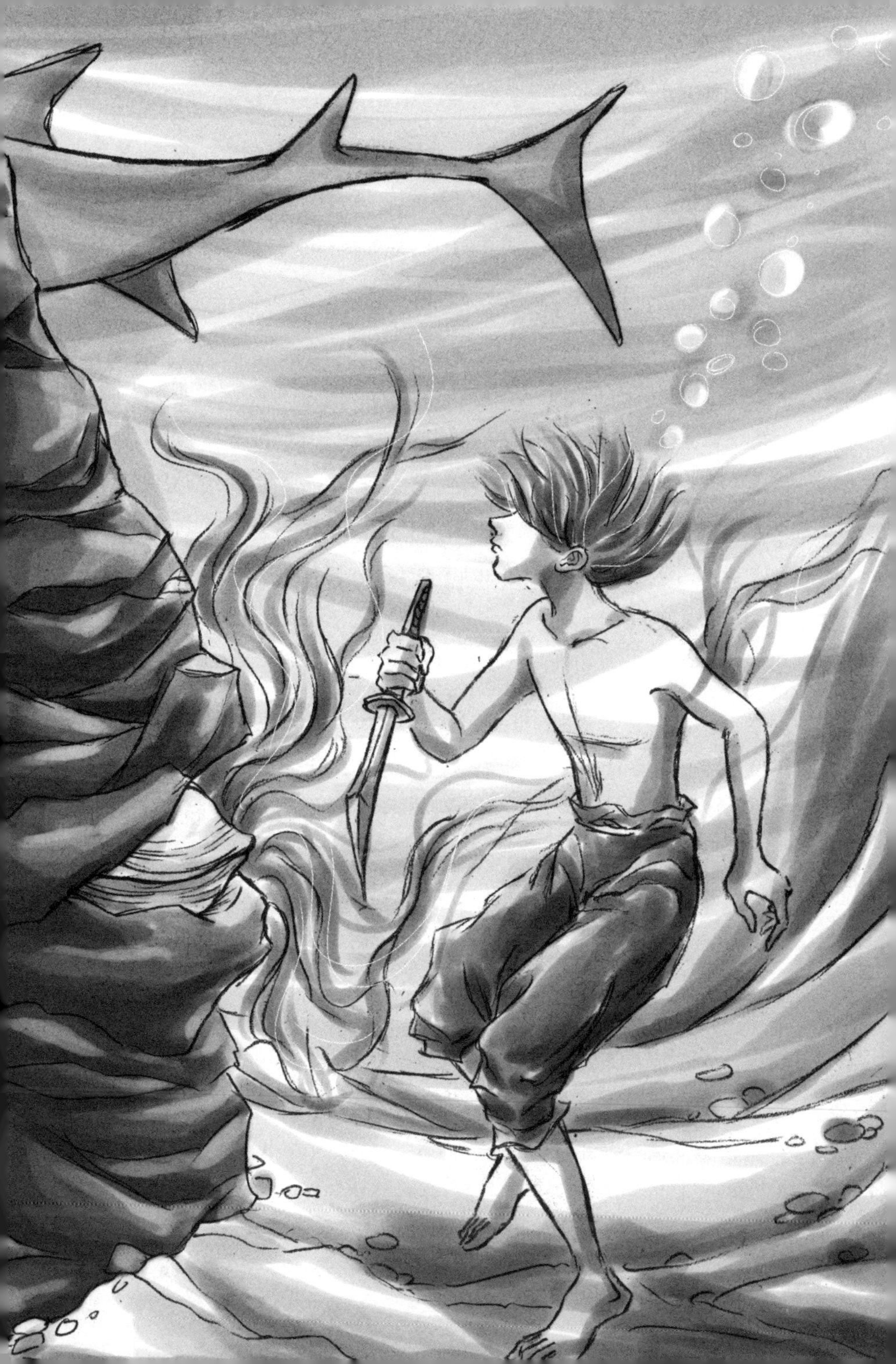

国际大奖小说

大蚌就下来了,翻了个身,掉在边上。我很快解下缚在石头上的绳子,给大蚌绑了两道,然后游向水面。我把大蚌拉上来,可是它的分量太重,我没力气拉上船,只得把它缚在船尾,划小船出了洞。

我望见老印第安人站在湖对岸的树丛里。那天白天,我好几次看见他站在那儿,眼睛盯着魟鱼洞。我明白,就是眼看我快淹死,他也不会来救我;我敢说他一整天都在那里向"恶魔魟鱼"说明不是他叫我去洞里的,因此不应该怪罪他。不过我也总觉得要是我找到珍珠,他还是会高高兴兴分享他那份儿的,尽管他没去找过珍珠。

我把船划过礁湖。老印第安人从树丛里走出来,慢悠悠踱到海边,好像他并不在意我是否找到了珍珠。我猜想他是想做给"恶魔魟鱼"看,做给小鱼和"恶魔魟鱼"的朋友灰鲨们看,山打·罗尚是无可指摘的。

"好大一个家伙!"我把大蚌弄上岸时他说,"我这辈子还没看见过这么大的大蚌呢。它是海里所有大蚌的老祖宗。"

"洞里有许多比这个还大。"我说。

"要是真有许多的话,"他说,"你只拿其中一个,'恶魔魟鱼'就不会气疯了。"

"也许会发一阵火,不过不会发得太大。"我哈哈大

笑说。

大蚌的嘴紧闭着,要把刀从两片合紧的蚌壳中间插进去不是件容易的事。

"把你的刀借给我。"我说,"我那把已经钝了。"

老印第安人捏着刀把,将刀从刀鞘里抽出来又放了回去。

"我看你最好还是用自己的刀子。"他的声音都颤抖起来。

我用刀子撬了很长时间,终于,两片硬壳张开了一点,我感觉得到刀子在慢慢插进去,捅进了肥厚的蚌肉,忽然霍的一声,两片蚌壳分开了。

我将手指伸到边上起皱的蚌肉下面,我看到父亲通常就是这么做的。一颗珍珠在我指头边滑动,我把它掏了出来。这颗珍珠有豌豆般大小。我再摸进去,滴溜溜又滚出一颗和刚才那颗一般大小的珠子。接着是第三颗。我把它们放在另一半壳里,这样珍珠就不会磨出印子来了。

我跪在沙子上,老印第安人走过来,身子向我俯下,一声不出。

我慢慢把手伸到肥厚的蚌舌头底下,摸到一块硬东西,那东西太大,不可能是珍珠。我一把抓住它,把它从肉里拉出来,然后站起身,拿它对着太阳照,心想准是抓

了块石头,大蚌不知怎么吞下了这块石头。

这块"石头"圆润光滑,烟灰色,握在手里正好满满一把。阳光钻进石头深处,里边有乳白色的光晕在转悠,我明白了,我手里捏的不是一块石头,而是一颗珍珠,一颗"神珠"。

"圣母呀!"老印第安人喃喃地说。

我呆呆地站在那里,讲不出话来。老印第安人一遍又一遍地念叨:"圣母呀,圣母呀!"

天黑了。我撕下衬衫下摆,把珍珠包起来。

"一半归你。"我对罗尚说。

我把珍珠递给他,可他害怕得直往后退。

"在回到拉巴兹之前,你希望我来保管它吗?"我问。

"嗯,还是你拿着好。"

"我们什么时候走?"

"马上走。"他说的是实话,"'恶魔魟鱼'不在,可它会回来的,到时候它的那些朋友会把珍珠的事情都告诉它的。"

第七章

回　家

我们没等到吃晚饭,我把独木舟拖到水里,老印第安人跑回家拿来几个玉米饼子。我们经过那个洞时,老印第安人用手掀了掀帽子,嘴里自言自语咕噜了一阵,这才重新把桨插入水中。我的手痛得厉害,几乎连桨也握不住,不过我还是拿起了老印第安人带来的另一支桨划个不停。

月亮在天空照耀,一路顺风顺水。不到半夜,我们的船驶近了匹捷林克湾,拉巴兹城的灯火隐隐约约出现在地平线上,老印第安人忽然转过头去,不知看什么。我们离开礁湖后,他这样回过头去已经有好几次了。

"'恶魔魟鱼'!"他举起手臂指着后方,低声说道。

我朝船后望,只见远处,一对翅膀一样的鳍在闪闪发光,仿佛鬼火一般。

"一条魟鱼,"我说,"不过不是'恶魔魟鱼'。这种魟鱼我见过。上星期……"

"那是'恶魔𫚉鱼'。"老印第安人打断了我的话。

他举起桨,使劲儿插进水里,独木舟改变了航向。

"我们到匹捷林克去。"他说。

"可拉巴兹不远了。"我说。

"太远太远,我们会永远到不了拉巴兹的。"

他发疯般地划桨,小船跑得飞快,我说什么也无法让他镇静下来。他相信真有"恶魔𫚉鱼",并且正在追我们,想要夺回被我偷去的珍珠。我的心跟着他手中的桨来回摆动着,我想到了藏在衬衫里的珍珠;想到了塞维利亚人;想到他看见这颗珍珠眼睛鼓出的模样;我也在琢磨父亲和拉巴兹全城的人会说些什么。

独木舟驶进了匹捷林克湾的入口处,老印第安人问我:"你看到'恶魔𫚉鱼'了吗?"

"没有。我四处张望,也没看到它的影子。"

刹那间一声雷鸣般的巨响吞没了独木舟,就像天塌了下来,掉在我们头上。紧接着,独木舟两侧升起两支水柱,小山一般在我们头顶上空会合,一时空中浪花四溅。随后"喀吱"一声,独木舟折断了,被高高抛起,翻了个个儿,我慢慢顺着船舷栽进水里。就在我往下掉的时候,我的思想飞回了童年时代,耳畔又响起了母亲说过的一句话:"'恶魔𫚉鱼'比停在港里的最大的船还要大,它有七排牙齿。"

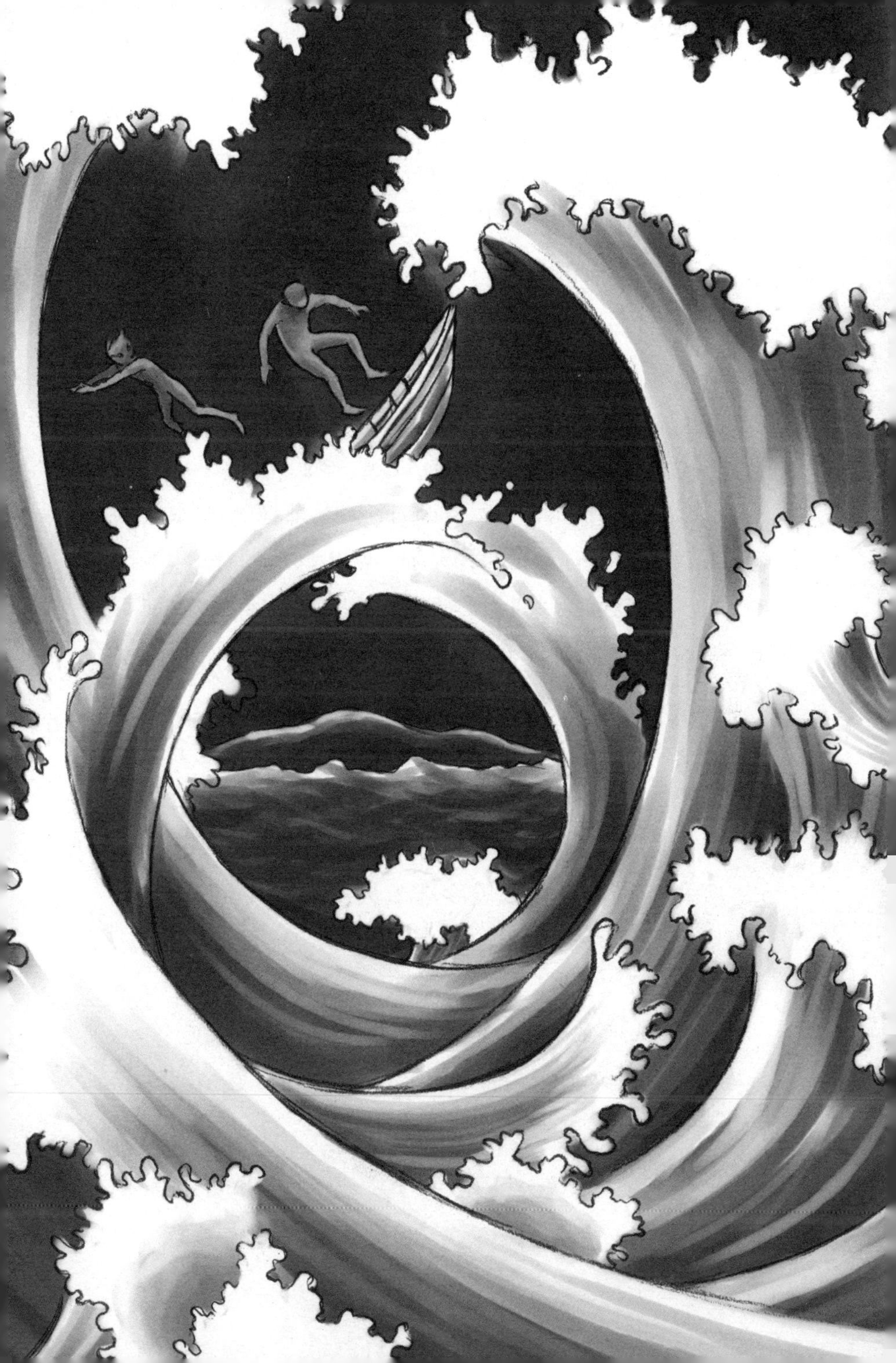

国际大奖小说

我看不见老印第安人,只听到他在远处叫喊。我头一个想到的就是那颗珍珠,于是赶紧把手伸进衬衫摸索。我总算摸到了它,这才朝岸边游去,老印第安人已经在我之前上了岸。我爬出水,站起身,手拿珍珠高高举起,让他知道宝贝并没有丢。

"扔掉它,"他叫着,"'恶魔魟鱼'在等着要这颗珍珠,不拿到手它是不肯罢休的,它就在那里。"

海湾静悄悄的,月光下面,除了渐渐漂去的独木舟碎片,我什么也看不见。并没有一点儿魟鱼的踪影。不过我知道打翻独木舟的肯定是海洋里的一种生物,是不是"恶魔魟鱼"那就不得而知了,这类生物在佛密令海里多的是。

"珍珠保住了,人也活着,"我说,"要是不在乎身上湿淋淋的,现在就走,咱们天亮以前准可以到达拉巴兹。"

"我不想带着这颗黑珍珠去那里,"老印第安人说,"我要等到天亮去找我的船。珍珠是你的,我没去找过,它不是我的。"

他远远地避开,好像我手里拿的是一条毒蛇。

"你会改变主意的,"我说,"这颗珍珠值好多钱呢。"

"我一辈子也不会改变主意。"

"礁湖沙滩上还有三颗珍珠,留在蚌壳里,我把它们

给忘了。"

"我会把它们扔到海里去的。"

"随你的便。"

"那颗大的你也要扔掉才是。"老印第安人说,"如果你不这么做,先生,总有一天'恶魔魟鱼'会把珍珠连你的性命一起要去。将来别怪我没有警告你。"

我们分了手。我紧紧攥着那颗大珍珠,朝拉巴兹一片灯火的方向走去。通向拉巴兹有一条崎岖不平的小路,大约五公里光景,不过天亮以前我还是赶回了城里。

我先跑到"赛拉查父子珍珠行"去,把门锁好,从衬衫里拿出珍珠,放在一块天鹅绒上,再把它搬上天平。珍珠重62.3克拉。

我重新把珍珠裹在衬衫里,出了珍珠行,走过马勒康街。朝阳刚从山背后爬上来,街上已经有了行人,我像往常一样和他们打招呼,甚至还停下来跟监狱门口那个卖热可可的女人聊了几句。

我们家的房子在广场边上,有一扇大铁门,晚上铁门是从里面上锁的。我拉了拉门铃。一个印第安人开了门,我说了声早安,然后慢步走进厨房,吃了一大碗玉米粥,做得好像没发生过任何事情,好像我衬衫里没有兜着一颗佛密令海里从来没有找到过的最美的珍珠。

我走进自己的房间,把珍珠放在枕头底下,然后躺

下睡觉。我尽力想让自己平静下来,不去想我父亲会说些什么,也不去想塞维利亚人,可上午过去了一半,我连一分钟也没合过眼。我躺在床上,忽然记起刚才忘了给珍珠行锁门,于是又一骨碌爬起来,把珍珠往衬衫里一塞,便往山下跑去。

走过监狱,卖热可可的女人招手要我过去。她有时也出售一些小珍珠,喜欢打听家长里短这些事儿。

"今天上午你怎么老是走来走去?"她说。

"上午天气好,出来走走。"我说。

她要我走近点儿。"你知道康杜吗,那个住在匹捷林克的渔夫?"

我点点头。

"咳,那个疯疯癫癫的康杜刚到过这儿,说有人找到了一颗珍珠,大得不得了。你没听到这个消息?"

"每个星期都说有人找到了大珍珠,"我说,"到头来都是瞎说一气。"

在我父亲回来之前,我不希望她或者其他任何人知道"神珠"的事情。只有我父亲能决定在什么时候、以什么方式把这个消息告诉拉巴兹人,作为他的儿子,我不能从他手里夺去这份光荣。因此,我恭恭敬敬地鞠了一躬,便赶紧走开了。

拐进马勒康街,我看见一伙人聚在"赛拉查父子珍

珠行"门口,我决定掉头回家,可是已经有人看见我了,叫喊起来:"喂,拉蒙!"

大家都回过头来看我。我心里明白,要是我往家里走,他们会跟我回家的,我只得走上前去,挤进了人群。

十几条嗓子在嚷:"珍珠,珍珠!"十几条嗓子在喊:"给我们看看!"

我尽量装出一副吃惊的样子问:"什么珍珠?"

我挥挥手,摆出一副不知如何是好的样子,走进珍珠行,锁上了门,把"神珠"放进保险箱,这才在桌子前坐下来。这时有一个男孩站在别人肩膀上,朝墙缝里张望。他看了一会儿,就向人群讲他看到的情形。连我打开账簿,在上面写字,他也一一做了汇报。

外面人越来越多,到了中午,整条街都挤满了人。那个往墙缝里张望的男孩早已不耐烦地走掉了,可是我还坐在桌子旁边,在纸上信手乱涂,心里却一直在惦记那颗大珍珠。我巴不得船队快回来,别让我在离开这里以前,再一次去应付这群人。

下午两点,船队进港了。父亲准是看到这堆人大吃一惊,所以他头一个跳上岸,奔过了沙滩。我才把门打开,他就气喘吁吁一头冲了进来,生怕出了什么岔子。

"出了什么事?"他问。

那个男孩又往墙缝里张望。我打开保险箱,拿出那

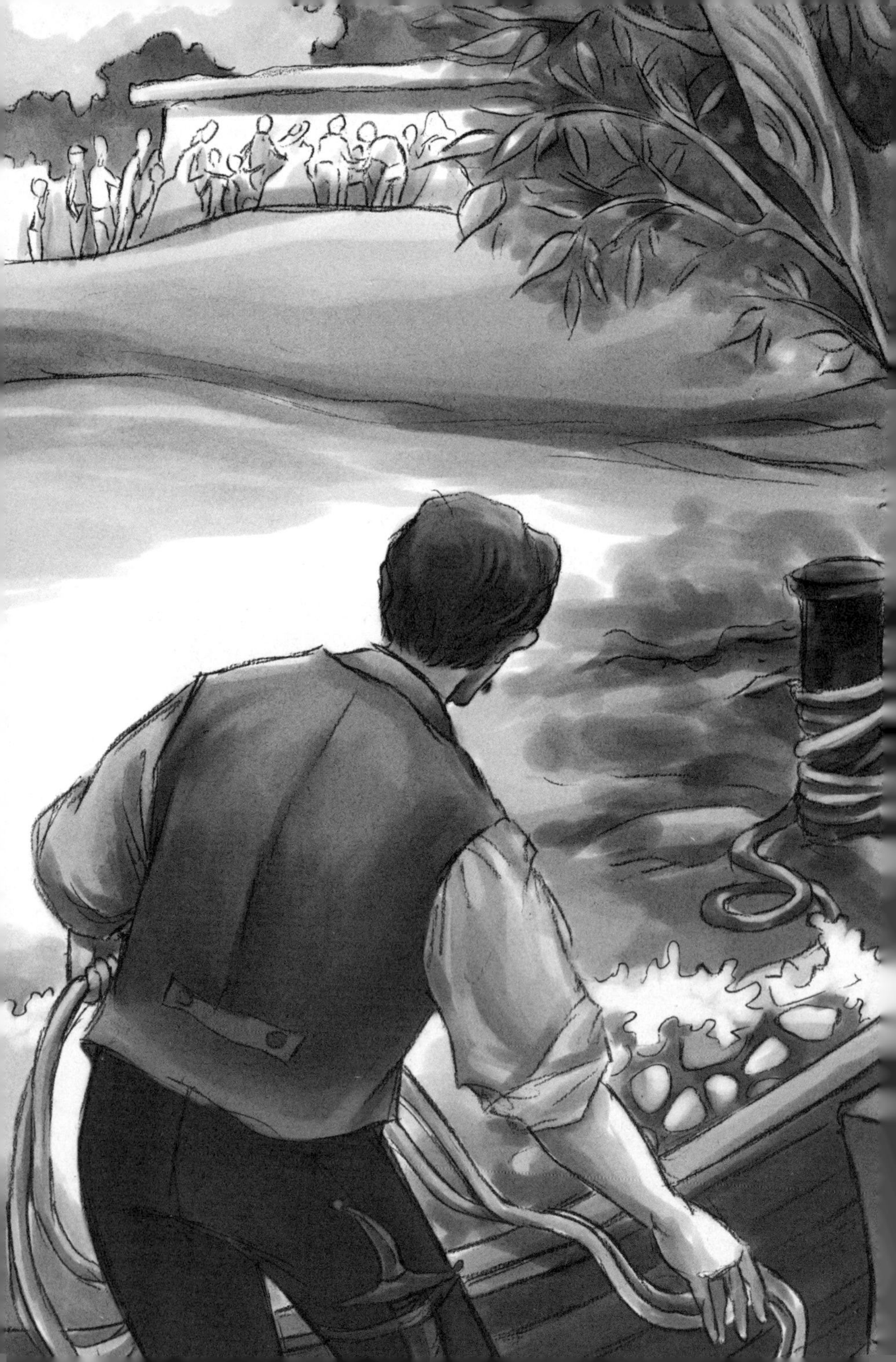

颗珍珠,递给了父亲。

"就为这个。"我说。

父亲接过珍珠,放在手心里转来转去,没说一句话,仿佛不相信他看到的东西。

"这不是一颗珍珠。"他说。

"不,是珍珠。"我说。

父亲盯着我说:"你这是开玩笑吧,全世界哪个海洋里都不会有这样大的珍珠。"他把目光移向珍珠,"这是你自己制造的,你挑了些带气孔的珍珠,把它们胶合在一起,然后再在砂轮上细细磨光。嚙,拉蒙,你真是个机灵透顶的孩子。"

"我没胶过什么东西,"我说,"这是一颗珍珠,是我找到的。"

偷看我们的那个男孩把我的话高声传给了人群,街道上顿时响起一片叫喊声。父亲把珍珠放在手里转了转,对着阳光仔细看了看,又在手里转动了一阵,这才开了门,把珍珠擎得高高的,让阳光投射在上面,使大家都能看到。

人群一下子静了下来,除了细浪拍岸,听不到一点儿声息。父亲关上了门,眼睛看着我,嘴里念着"圣母保佑",一连念了三遍,这才坐下来,目不转睛地盯着满满一手心的大珍珠。

第八章

真正的"完美无瑕"

那天晚上父亲和我回家的场面简直像游行一般。勃拉斯·赛拉查的儿子拉蒙找到一颗大珍珠的消息传遍了整个城市,这个消息就像用火红的大字从天空这一头写到了天空的那一头。

跟在我们后面队伍里的有山里的农民、有闲混的、打鱼的、采珍珠的、做买卖的各色人等,也有从四面八方来的妇女孩子,连教堂里的神父加拉德也混在里面,只有塞维利亚人不在。人群穿过马勒康街,登上山坡,一直走到广场。一些人举着火把,所有的人都在唱啊叫啊庆祝采到黑珍珠。拉巴兹城素来以采集珍珠和出售珍珠出名,因此,拉巴兹城里城外所有的人都多多少少分享了大海的财富。

人群一直跟随到我家门口。我和父亲进去以后,他们还乱哄哄地挤在广场上。越来越多的人听到黑珍珠的消息,因此广场上的人越聚越多。整个拉巴兹城都在欢

腾,比过节还热闹。

我家有一个小小的工场,父亲常在里面加工一些有毛病的珍珠。父亲把黑珍珠拿到工场里去,关上了门,不让印第安仆人看到他在里边做些什么。

父亲先把珍珠放上天平,过了秤。"重62.3克拉,跟你说的一模一样。"他说,"它也确实很圆,不过并不像你说的那么完美无缺。"他将珍珠凑到灯光下,"你瞧,你可以看到一个极其细小的瑕疵,那是在表层,或者更里边一点儿,我说不太准。"

我早就看出了这个瑕疵,自以为细小得很,无关紧要,因此也就不去多加注意。"要是你给它加加工,很可能发现这个瑕疵钻得很深。"我说。

"要是瑕疵钻得很深,"父亲说,"那它就不是一颗了不起的珍珠。你愿意要一颗完美无缺的珍珠,还是一颗有点儿小毛病的珍珠?"

"当然要完美无缺的。"我说。

不过我还是希望他不要给这颗珍珠加工,我见到过许多上等的珍珠都叫加工给毁了。

"要是瑕疵钻得很深,那我们什么也得不到。"我说,"现在瑕疵小得很,买这颗珍珠的人说什么也看不出来。"

"不,一眼就看得出来,"父亲说,"即使这颗珍珠重

六十多克拉,滴溜滚圆,光泽和色彩都属罕见,人家只会谈论它的瑕疵。好了,再拿盏灯来,把灯芯旋高点儿,我干活儿的时候,你祈求上帝保佑我这只拿刀的手。"

我照父亲的吩咐旋高一盏灯的灯芯,又点亮另一盏灯,我这么做时心怦怦直跳。歌声从广场上传来,透过窗户看得见火把的亮光。我一时担心起来,恐怕拉巴兹人,包括我自己和所有的人,到头来都只是空欢喜一场。

我开始祈祷,但不知怎么的,祷告的话一句也想不出来。老印第安人的话老萦绕在我耳畔:"总有一天'恶魔魟鱼'要来拿走它,总有一天'恶魔魟鱼'要把它夺回去。"我呆呆地看着黑珍珠和放在旁边的一把刀,罗尚的话真会应验吗?我父亲准备好的那把刀会不会断送掉这颗珍珠?

父亲拿起这把又小又快、刀刃微微翘起的刀,他用一只手稳稳地握住黑珍珠,深深吸了一口气,然后凝神屏息把刀刃按在珍珠上,刀在珍珠表面行走,发出极细的沙沙声,削下一条比最薄的纸还薄的薄膜,只见那条薄膜在一点儿一点儿地拉长,最后,仿佛过了个把小时,才轻轻地掉在桌子上。

外面歌声越唱越响,可是在屋子里,除了父亲的呼吸声,听不到一点儿声响。父亲放下刀,把珍珠凑到灯下,细细看了很长时间。我望着他的脸,想找到瑕疵已被排除的迹象,可他脸上一点儿变化也没有。

我喉咙发干,紧张得连话也说不出。

"你看见了什么?"我牙缝里挤出了一句话。

他没有回答我,我说话的声音又嘶哑又含糊,谁也不会懂。最后父亲摇摇头,又拿起了刀。我走到窗口,望着夜空开始祷告。

"看着,"父亲说,"说不定哪一天你自己也要这么干的。"

我回到桌子边,站在那里看父亲操作,心里还在为黑珍珠的命运祈祷。只见那把刀缓慢地在珍珠面上没完没了地盘旋。过了一会儿,一卷薄膜掉下来,落在桌子上,在灯光下呈现出暗灰的颜色。

父亲将珍珠拿到灯下反复旋转,从各个角度仔细观察,忽然,他把珍珠高高举过头顶,仿佛希望全世界的人都来瞻仰这颗珍珠似的。

父亲把珍珠递给我说:"瑕疵除掉了,现在你手里拿的是一颗世界上最好的珍珠,一颗完美无缺的珍珠,一颗名贵的'神珠'。"

第九章

父亲的决定

我已经说过,在我们拉巴兹城,除了"赛拉查父子珍珠行",还有四家珍珠商号。当然还有许多在街上零星出售小粒珍珠的人,就像那个监狱门口的女人一样。佛密令海出产的上等珍珠却都是这四家大商号买进卖出的。

大约在父亲给黑珍珠加过工以后一星期,这四家商号的老板到我们家来了。起先父亲说要把黑珍珠拿到墨西哥城去,后来他决定卖给拉巴兹城里的商人。因为有一次他曾经带了一颗罕见的好珍珠去墨西哥城,结果长途跋涉,却没赚到钱,那里的商人实在狡猾。这四家珍珠商没有一家能独资买下这颗珍珠,就是两三家合起来也不行,只有四家合资才能凑到我们要的数。

刚过中午他们就来了,都穿着顶好的黑外套,拿着天平和卡钳,钱装在一只鳄鱼皮皮包里。拉巴兹居民前几天的兴奋本来已经平息下去,这时"珍珠商要到赛拉查家去买那颗名贵黑珍珠"的消息一传开,又有一大群

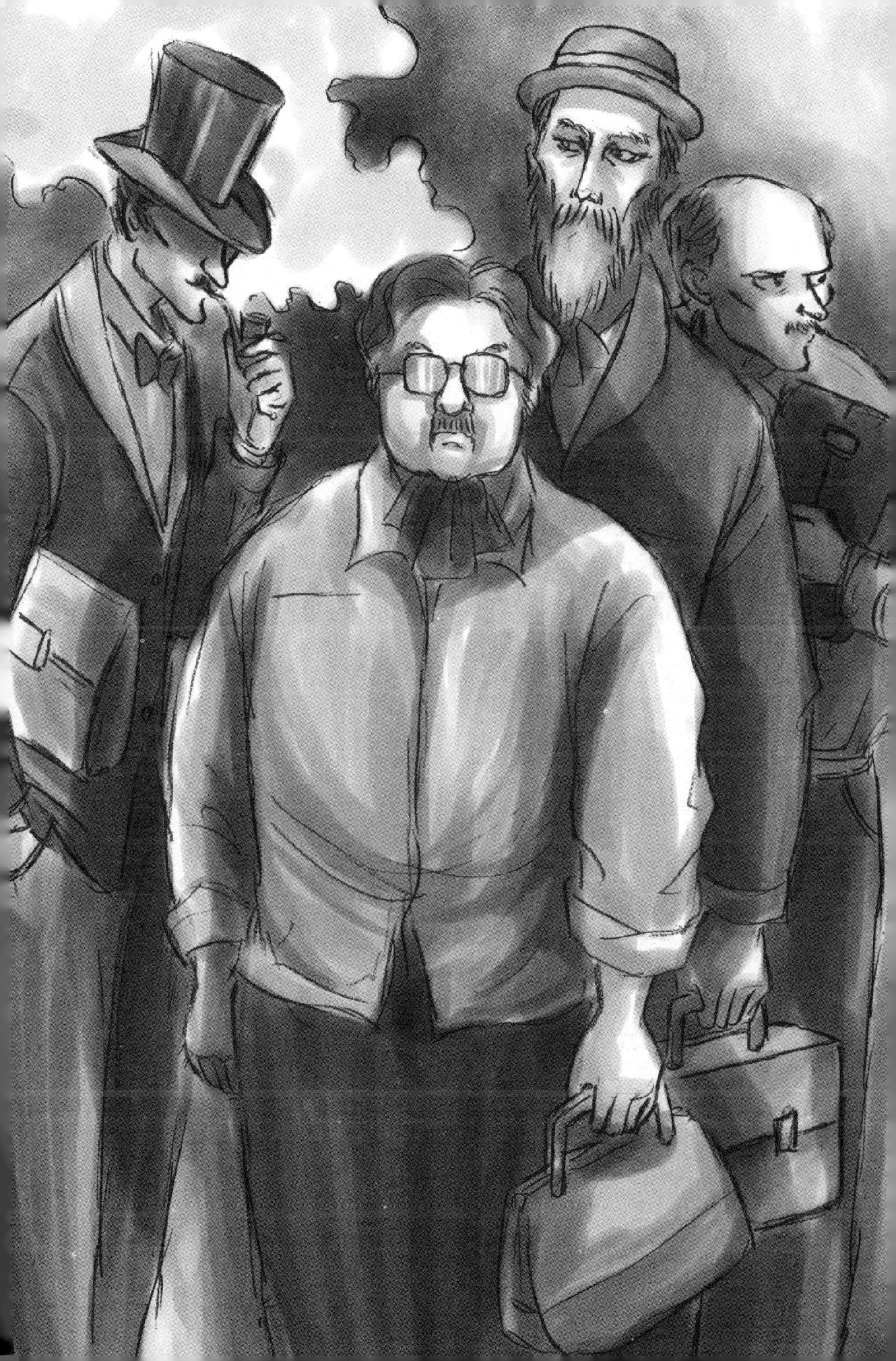

人跟着珍珠商到我家来,站在门口。

我母亲和我两个姐姐也听到了黑珍珠的消息,从洛雷托赶回家来。这一来,院子里的喷泉喷水了,客厅里摆上了鲜花,连家具也擦得闪闪发亮。

四个珍珠商一本正经,把他们的卡钳、天平和棕色的鳄鱼皮包往客厅里的桌子上一放,然后坐下来,双臂交叉在胸前,一言不发。

我父亲说话了:"先生们,看这只包的大小,恐怕装不下足够的钱来买这颗'神珠'。"

一听这话四个珍珠商就不高兴了。他们中间有个叫阿杜拉·马丁的,长得又高又胖,身体像只木桶,一双手却又小又白。

"我听说这颗珍珠大小跟葡萄柚差不多。"他说,"要真是这样,那我们的钱是足够了。您知道,先生,有些大珍珠是不太值钱的。"

"这些大家伙寿命很短,"米高勒·巴劳玛力士说,他和马丁一样胖,还有一个油光光的秃顶,"常常不到一年就完蛋,要不就是变黑了。"

"小珍珠也有许多是这样,"父亲说,"巴劳玛力士先生上个月卖给我的那颗粉红色珍珠就是如此。"

巴劳玛力士先生耸了耸肩膀。

"在看'神珠'之前,"父亲说,"我想先把价钱告诉你

们。两万比索，多我不要，少也不行。"

四个珍珠商皮笑肉不笑，互相交换了一下眼色。该付多少，他们心里早就有底。

父亲走出房间，回来时手里拿着黑珍珠，黑珍珠包在一块白天鹅绒里，他把黑珍珠放在四个珍珠商面前的一张桌子上。

"先生们，"父亲把手一挥揭去白天鹅绒，退后几步，好让他们全都看个清楚，"请看，这就是'神珠'！"

这颗大珍珠吸聚光线，使它们变得柔和得像一轮晕月。四个珍珠商没料到神珠竟是这样的大这样的美，一时看得目瞪口呆。

后来马丁先生开口了："我担心的正是这个，它不像一颗珍珠，倒像一颗葡萄柚。"

"大倒是很大，"巴劳玛力士先生说，"不过正是一颗短命的珍珠，这种珍珠很难脱手。"

一个还没有开过腔的珍珠商清了清嗓子说道："不过，尽管如此，我们还是愿意给个价钱。"

其余的珍珠商都煞有介事地点了点头。

"一万比索。"马丁说。

巴劳玛力士先生把珍珠抓在他那只又小又白的手里横看竖看，看了好长时间后说："我看这上面还有一个瑕疵。一万比索都嫌多。"

"哪里有什么瑕疵，"父亲说，"至于价钱嘛，先生们，两万比索，少一个子儿也不行。"

大珍珠在其余三个珍珠商手里转了一圈，他们全都眯缝着眼，把它拿在手里转过来转过去仔细端详。最后马丁先生用卡钳量了量，把珍珠放到天平上去。他报的数字跟我称的还算相近。

"一万一千比索。"他说。

"还要加上九千。"父亲回答说，"像这样的珍珠，你们今生没见识过，来世也不会看到的。"

"一万二。"巴劳玛力士先生说。

后来珍珠商们开始二百五二百五地提价，不到一小时，数字达到了一万五千比索。这时气氛开始变得紧张起来。母亲端出一大壶冰冻果子露和一盘馅饼。从我站的地方看过去，看得见母亲正在门厅里朝父亲做手势，我知道她是要父亲答应珍珠商们出的价钱。她在洛雷托看到过一辆红色马车，很漂亮，她一心想置上这么一辆，再配上四匹白马。她唯恐父亲不肯减价，希望成为泡影。

马丁先生抹了抹嘴巴说："一万五，不能再加了。"

父亲说："要是这样的话，我只得把这颗大珍珠拿到墨西哥城去了，在那儿我可以卖双倍价钱，只要买主识货，讨价还价都用不着。"

巴劳玛力士先生把珍珠拿起又放下。他的小脑袋深陷在一圈圈肥脖子里,忽然像乌龟头一样向前一伸,看着我的父亲。父亲正在来回踱步。

"如果你还记得的话,"巴劳玛力士先生说,"有一次你曾经老远跑到墨西哥城去,你在那里发现了什么呢?你发现那里的商人开起价来不像我们拉巴兹人这么大方。你跑了那么多路,回到家里却一副垂头丧气的样子。"

巴劳玛力士先生站了起来,其他几个珍珠商也跟着站了起来。

"一万五千二百五十比索。"他说,"这个价钱可是到顶了。"

父亲对巴劳玛力士先生提起墨西哥城之行很不高兴,他对这件事原本就耿耿于怀;这位先生说他当初回家垂头丧气,当然更加使他恼火。他停住脚步,朝我做个手势。

"到教堂去,"他对我说,"去叫加拉德神父来一趟,不管他在做什么,一定要叫他来,快去!"

我奔出门,穿过肃静的人群和广场,心里很纳闷儿父亲为什么要叫我去干这么一件差事。我看见加拉德神父在睡午觉,费了好大劲儿才叫醒他。我拖着他就往家里走。一进院子我就听见马丁先生的声音:"再加五百。"接着是父亲的声音:"我要的价钱是两万比索。"

我们一进屋,谁也不出声了。四个珍珠商本来把头凑在一起,这时都抬起头来看着我们。巴劳玛力士先生手里捏着那颗珍珠,父亲大步走过去,从他手里接了过来,然后转身朝神父鞠了一躬。

"这是'神珠',"他说,"我和我儿子把它交给您,请您献给我们尊敬的海上圣母马利亚,让她拿在手里,把这颗珍珠永远保存起来。"

门厅里传出一声尖叫,我料想尖叫的人是我母亲,不过也可能是我姐姐,她也在梦想买许多东西。四个珍珠商一声不响地收拾起他们的天平、卡钳和装满钱的皮包,戴上帽子走了。加拉德神父一时手足无措,接过黑珍珠时让自己长袍的下摆绊了一下,说起话来也结结巴巴的。至于我呢,并不特别想要任何东西,所以我的目光一直注视着父亲,为他赢了四个珍珠商感到骄傲。

过了一会儿,加拉德神父才恢复正常,竭力使自己说话的语调平稳下来。

"我们要为这颗珍珠举行一次庆祝活动,"他说,"那将是拉巴兹有史以来最最盛大的活动。"

可是我母亲既不乐意把黑珍珠作为礼物送掉,也不欣赏为这份礼物举行庆祝的主张。加拉德神父一走,她就眼泪汪汪三步两步踏进客厅。

"好好儿一颗珍珠让你断送掉了。"她抽抽咽咽地说。

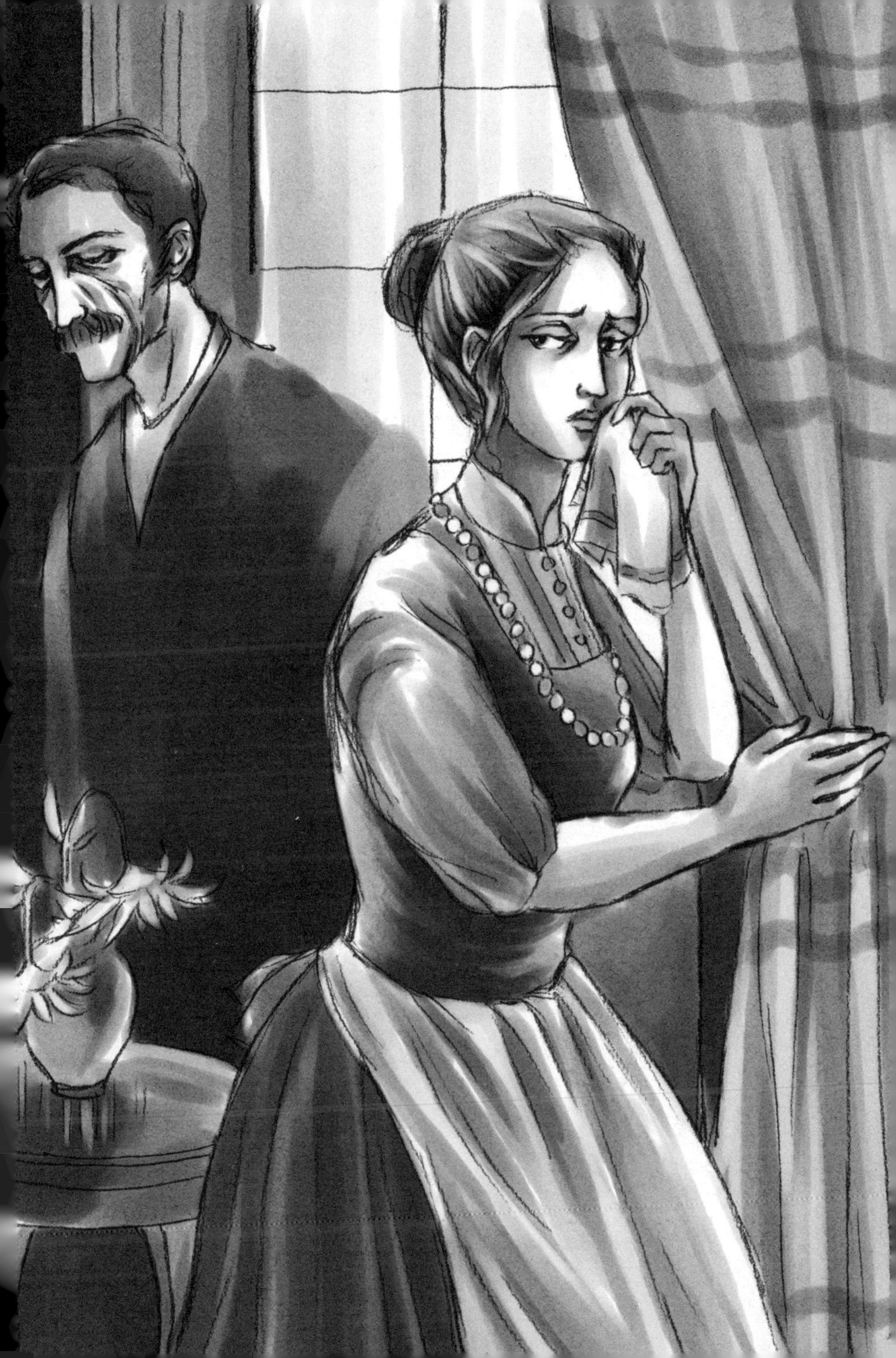

"珍珠并没有断送,"父亲说,"把它保存在教堂里,大家都能看到。你要看,也可以到教堂里去看。"

"我不想再看到它。"母亲边哭边嚷道,"圣母有的是珍珠,你完全可以送她一颗小一点儿的。"

"正因为她只有小的,我才给她一颗大的。"父亲说。

母亲走到父亲面前,擦干眼泪,眼睛直勾勾地盯住了他。

"这不是理由。"她说,"那几个珍珠商惹你发火了,你故意送掉它,想气气他们。"

"不,这是'赛拉查父子珍珠行'的一份厚礼,"父亲骄傲地说,"因为这是一颗全佛密令海从来没有看到过的大珍珠,上帝将永生永世保佑'赛拉查父子珍珠行'。"

母亲没再多说,不过加拉德神父举行庆祝仪式那天,她推说头痛,待在家里没有去参加。

第十章

庆祝仪式

五天以后,加拉德神父举办了庆祝仪式。

教堂里烛光耀眼,祭坛上摆满鲜花,清香扑鼻。年轻的圣母身穿雪白的锦袍,头顶雏菊花环,站在神龛里。她的手向前伸出,光彩夺目的黑珍珠就放在上面。

教堂里人头攒动,后来人们又拥出教堂大门,聚集在广场上。拉巴兹城从来没有过这样人山人海。许多外乡人从四面八方赶来,有的步行,有的骑驴骑马,甚至北面的洛雷托,南面的桑多托马都有人来;有的划船过海,来自佛密令海不知名的小岛;还有一伙身穿兔皮外衣的印第安人,来自塞拉毛利纳的荒山峡谷。这些印第安人的光临使加拉德神父大为高兴。

"黑珍珠创造了奇迹。"他说,"多年以来我一直想方设法开导这些人到教堂里来做礼拜,都没有成功。"

仪式结束后,人们把圣母像放在一个布满鲜花的木架子上,载歌载舞抬着绕广场走了两圈,然后又抬到海

边去,让圣母为赛拉查船队祝福。

为船队祝福,这是我父亲的主意,他想让我母亲瞧瞧,黑珍珠已经得到上帝的恩宠,同时也象征"赛拉查父子珍珠行"将不断兴旺发达。

这就是把圣母像抬到海边去的缘故。海岸上,加拉德神父站在圣母像旁边,周围围着一大群人。海湾里,我们五条蓝色的船停在平静的水面上,条条都上了新漆,船上挂着一串串五彩缤纷的纸旗。

"主啊,我们祈求你保护这些船只,"加拉德神父举起双手祈祷说,"让它们顺风顺水到达采珠场,让它们平平安安归来。我们祈求你保佑'赛拉查父子珍珠行',他们今天使教堂获得无上的荣誉,保佑他们再找到一颗大珍珠,与他们捐赠的那颗不相上下。"

加拉德神父为船队祈祷完毕后,人们又抬着圣母马利亚去走街串巷。黑珍珠依然放在她手心上,因此可以让大家再观赏一次。队伍簇拥手托珍珠的圣母马利亚绕回教堂,队伍中所有的人都觉得这一天是个好日子,因为如今黑珍珠同样属于贫穷甚至一无所有的人,他们今后一生中连梦里都会记得这难忘的一天。

圣母像放进了神龛。我跪在圣母像前,感谢她使我找到了这颗珍珠,使这么多人分享快乐。走出教堂时,我一时不由自主想到这颗黑珍珠能买许许多多船,足足可

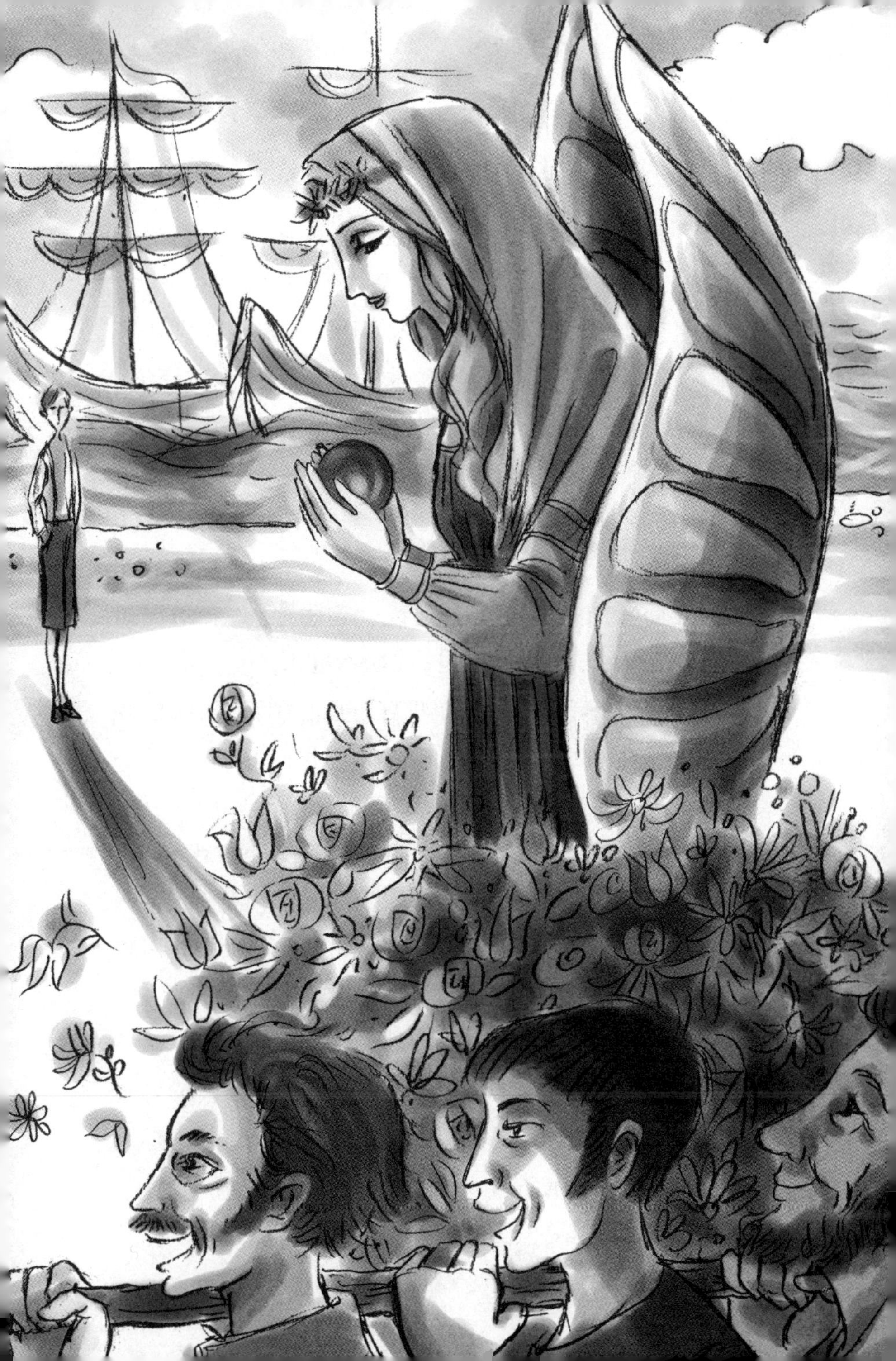

以建立十多个船队。不过这个念头很快就消失了。

塞维利亚人在喊我。他站在教堂外面，穿一条紧身裤，一件皱巴巴的衬衫，敞着胸，露出胸口的刺花。

"嘿，老弟！今天可真了不起，跟我在波斯湾找到珍珠那天不相上下。对你那颗珍珠人家说了不少话，我也听了不少，它到底有多重？"

尽管我心里想，不管我把它说得多么重，到头来总是没他那颗重，但我还是如实把黑珍珠的分量告诉了他。

"波斯湾那颗还要重，"他说，"你想想，我卖给波斯国王那颗珍珠，你两只手去捧都捧不过来。"

我说了一声："好家伙！"我自己也感到奇怪，我已经不像从前那么看待塞维利亚人了，他吹他的牛，我并不在乎，至少不是那么在乎了。现在我已经下过佛密令海，并且采了一颗大珍珠，他不能再说我什么事也没干过，也不能再说我是个胆小鬼了。"它有多重？"我问他。

"我忘了。"他看着自己的靴子，一下子对重量不感兴趣了，"告诉我，你那颗珍珠是不是有点儿毛病？"

"有毛病的话就不是我的珍珠了。"

塞维利亚人是个藐视一切的家伙，他说这话的言外之意就是：他加斯泼·路易斯并不相信圣母马利亚，以为圣母也是可以欺骗的。

"当然,这我全知道,可它到底有没有毛病?"他说。

"没有。"

"一点儿小小的毛病也没有?"

"没有。"

"是溜圆的?"

"是的。"

"溜圆又不带瑕疵,还重六十多克拉,这样一颗珍珠值……"他从牙缝里挤出这几个字眼,然后又压低声音说:"我听说你是在匹捷林克找到的。"

"差不离。"我说。

他再逼我也不说了,于是我们握握手,分开了。我往家里走。夜幕正在降临,我拖着脚步快到家门口时,一个影子从暗处出来,叫着我的名字,那是罗尚,住在礁湖的老印第安人。

"你喜欢今天的庆祝活动吗?"我问他。

他没有马上说话,后来开了口也没有回答我的问题。

"我看见了马利亚和那颗珍珠,"他说,"我看见他们穿过广场,穿过街道,到海边去,我听见人人都在唱歌。"他伸出一只手搭在我肩膀上,"你还是个孩子,有许多事情你还不懂,所以我必须告诉你。这颗珍珠不属于圣母马利亚,不属于教堂,也不属于那些唱歌的人,它是'恶

国际大奖小说

魔魟鱼'的,总有一天它会来把珍珠要回去。这一点我要严肃警告你。"

我刚想开口,可是老印第安人不愿多谈,已经转过身去,消失在黑暗之中。我也没有去顾他,直到第二天早上,父亲和我走到海滩去,才又提到了他。

"罗尚肯不肯让我到他的礁湖里去寻找珍珠?"父亲问道。

"他不会肯的,我也不想去求他。"

"到赛拉尔佛去采珠路程太远,"父亲说,"上次去那里也没捞到几颗,尽管跟别处相比还算不错。要是在礁湖里,我们说不定还能找到一颗黑珍珠那样的宝贝。"

我把昨天晚上与老印第安人相遇以及他说的话告诉了父亲。

"罗尚这个印第安人有些疯疯癫癫的。"父亲说。

"疯也好,不疯也好,"我说,"礁湖是他的,他不会让你到那里去潜水的。"

第十一章

风暴来袭

那天早晨,船队出发到赛拉尔佛去。船上的新油漆十分耀眼,挂在桅杆上的纸旗更加夺目,风从南面吹来,纸旗在微风中招展,天空和早晨的大海一样湛蓝清澈。这是一个风和日丽的好天,像是圣母特意安排好的。

下午我走回家去,南风已经停息,天气非常闷热,后来从山那边吹来一阵阵凉爽的山风,可是到吃晚饭时,山风也停息了,空气沉闷得连呼吸都感到困难。空中出现丝丝缕缕的云彩,院子里的棕榈树开始沙沙作响。

母亲饭吃了一半停下来,走到窗边朝外面望。要是父亲在海上,即使最小的天气变化都会使她惊恐不安。刮风下雨她害怕,就是不刮风不下雨,天空散布一些鱼鳞般的浮云,或者清早没有雾气也能使她担惊受怕。

"山风又刮起来了。"我说。

"山风是凉爽的,"她说,"可是刮在棕榈树上的是热风。"

"风热是因为今晚天气特别热。"我说。其实我心里很明白,切伯斯科热风开始就是这么刮起来的。切伯斯科是刮在佛密令海上最可怕的大风。"我出去看看,我敢断定那不过是山风罢了。"

我站在院子里仰望天空,天空中没有一颗星星。风又一次平息下去,空气里有一股强烈的海腥味。我明白,刚才把棕榈树吹得沙沙作响的不是山里吹来的风,而是从南面切伯斯科老家吹来的热风。

我回到屋里吃晚饭,竭力装出一副心情愉快的样子说:"外面天气晴朗,我从来没看见过这么多星星,今晚海上一定是个好天。"

"棕榈树又响了。"母亲说。

我们喝着可可,有好一阵子满屋子都是棕榈树柔和的响声,后来,仿佛棕榈树叶子变成了铁片,传来了金属片相碰的锵锵声。

我站起身,穿过房间去关门,可是还没跨出两步,门砰的一声合上了,烛火摇曳几下,被一只看不见的手掐灭了。我想重新把它点亮,可是没办到,屋里的空气仿佛透过上闩的窗户被大口大口吸到屋外去了。

"起风啦。"母亲显得惊恐万状。

"切伯斯科风。"姐姐轻轻说了一声。

我走到窗前张望,既看不见星星,也听不到棕榈树叶的声响。风声如同一千只受惊的鸥鸟在大声叫喊,把棕榈树的声音盖没了。

"船队一定得到了警报,"我说,"现在已经停在匹捷林克或者某一个安全的小海湾里,从这里到赛纳尔佛一带,小海湾多着呢。"

母亲站起身来想去开门。

"来,帮我一把。"她高声说道。

"你走不出院子去,"我对她说,"就是爬也爬不出去。船队没事,你不用害怕,它有佛密令海最好的船长,切伯斯科风他见识得多了。"

风在大声吼叫,相互之间讲话都听不见。屋子里黑黑的,家里人都围在桌子旁边,谁也不想说话。几个印第安女仆从厨房里出来,坐在我们旁边的地板上,有两个女仆的丈夫也跟船队出去了。

半夜里狂风还在怒吼,后半夜风势逐渐减弱,直到天明时刻,风才平息下来,不过仍像一头受伤的野兽在进行临死的喘息。我们都动身到港口去,准备在那儿迎接船队的归来。我们一踏出门,就看到满院子都是棕榈树的落叶和屋顶上掉下来的瓦片。一路到广场去,破砖碎瓦也到处可见。

早上,天色阴沉,又闷又热。在我们匆匆走向海边时,许多人加入了我们的行列。他们当中有的丈夫在船

队里,有的兄弟在船队里,其他人在船队里都有朋友,海滩上到处都是一堆堆海草和一排排死鱼,原来停泊在港里的船,现在都被冲上海滩,堆在高处岸上。通常切伯斯科热风到来之前,人们总把船拖上岸来用石头镇住,这次风暴来得太快,一时来不及做这些事情。

我们到海边后没多久,加拉德神父也飞快地跑来了。他的白发蓬乱,长袍卷到了膝盖,却满怀信心地对我们说,船不多久就会进港。

"圣母的眼睛望着船队,"他说,"船队保证太平无事。这儿附近没有小海湾可以避风,所以船返港的时间该是下午。现在你们可以怀着希望,怀着对圣母的信念回家去等候。"

可是没有人离开海岸。上午过去了,下午也在一点儿一点儿过去,直到太阳落山时,才有人望见"蜥蜴舌头"外面很远的地方有一只船。那船慢慢驶近,绕过"蜥蜴舌头"——我仔细一看,那是老印第安人和他那条红颜色的独木舟。

老印第安人把独木舟拖到离人群很远的沙滩上,就地坐了下来。我跑到他那里,问他是否见过船队踪影。

他卷了一支包谷叶作烟丝的烟卷,抽了一阵子才回答我说:"我没看到过船队,今后也不会再看到它了。你也看不着它了,先生。"

一听这话,我立刻火冒三丈:"你是说'恶魔𫚉鱼'把船队给毁了?"

"不,先生,我没这么说。是风暴把船队吞了,你再也看不到它了。"

"你的意思是说,风暴是'恶魔𫚉鱼'招来的?"

老印第安人没有回答。我生气地离开了他,走回到人群聚集的地方。直到傍晚他还在沙滩上抽烟呆坐。

我们用水上漂来的木头生了堆火,大伙儿围火站成一圈。人越围越多。有些朋友从城里来,给我们带来食物和水;加拉德神父也来了,还带来了一个十字架。他把十字架竖在沙子里,象征着我们的心愿。

母亲对神父说:"神父,我丈夫把黑珍珠献给了圣母,圣母说什么也得让他回来呀。"

"喔,那是一定的,"神父说道,"这份礼物可不同一般呢。"

黑夜逐渐消逝,从城里来的人陆续走了许多。我们把火一直烧到天光微明,盼望这堆火能帮助船队顺利找到港口。后来天大亮了,海水静静地躺在两座岬角之间,远处岛上的山峰看上去像飘浮在天上,近得仿佛伸手就能碰到似的。

太阳升起后不久,有一个在海堤上的孩子在向南面指指点点。我望过去,只见一个孤零零的人影正沿着海

边跌跌撞撞走过来。起先我以为这是个喝醉了的水手,从城里游荡到这里来的。这个人光着上身,满脸是血,不时跌倒在地,躺上一会儿再爬起身来。他走近一些,我这才在他的身影里看出了一些熟悉的东西。

我朝海边奔去。那是加斯泼·路易斯,塞维利亚人。我刚跑到他那里,他就倒在了我脚边。塞维利亚人支起身子,抬头看我。一个活人竟会露出这样恐怖的眼神,我还从来没看到过。

他张了张嘴,又闭上了,第二次张嘴才说出话来:"完了,船队完了。"说完后又倒在沙子上,发出一些我听不清的喃喃低语。

第十二章

失 窃

赛拉查船队的三十二个人,被冲到了马勒多纳多岬角的岩石上,其中生还的只有塞维利亚人一个。

风暴过后第四天,人们为死者举行了哀悼仪式。教堂里又一次布置了鲜花,又一次站满了从城里和山里来的人,教堂里站不下,就站在教堂外面。人人都说真怪,不到一个月就发生了两件大事,是拉巴兹有史以来从来没有过的。

先是发现了那颗黑珍珠,跟着就来了这次覆没船队、淹死这么多人的大风暴。没有人把自己的心里话说出来,不过认为这两件大事有着某种神秘联系的却大有人在。

我就是其中一个。在那个叫人伤心的上午,我跪在母亲身旁,心不在焉地听着加拉德神父讲话。

我的眼睛盯着圣母像。她站在神龛里,全身雪白,脸上堆着我以前常见的那种甜甜的微笑,她看着跪在地上

哀悼的人们,还在那里笑,好像船队太平无事,躺在马勒多纳多岬角岩石上的那些船员也太平无事似的。

加拉德神父谈到我的父亲,谈到他屡次慷慨捐赠,特别是那颗美丽的黑珍珠。就在他讲话时,一束阳光从窗子里射进来,把圣母像照得通明透亮。阳光投射在她手里的珍珠上,光彩夺目。我望着珍珠,心里头一次产生了疑问。

为什么一件这么珍贵的礼物竟不能保佑我父亲免遭风暴之灾?

我跟别人一起鱼贯而行踏出教堂,心里还在思考这个问题;后来我站在广场上和朋友交谈,塞维利亚人走上前来把手搭在我肩膀上,我也还在思考这个问题:为什么圣母和神珠没能阻止风暴的袭击?

塞维利亚人说道:"那颗大神珠并没有给我们带来好运气。"

从前我对他的讥讽往往不去理睬,可是这次不知为什么,他的话却引起了我的共鸣。不过表面上我还是挺了挺身子,不客气地对他说:"可黑珍珠还是给你带来了运气,要不你也不会和活人站在一起了。"

"这不是因为黑珍珠,"他说,"我能逃回来是因为我游水游得好。"

我们站在那儿,谁也不多说话。这时候,我看到老印

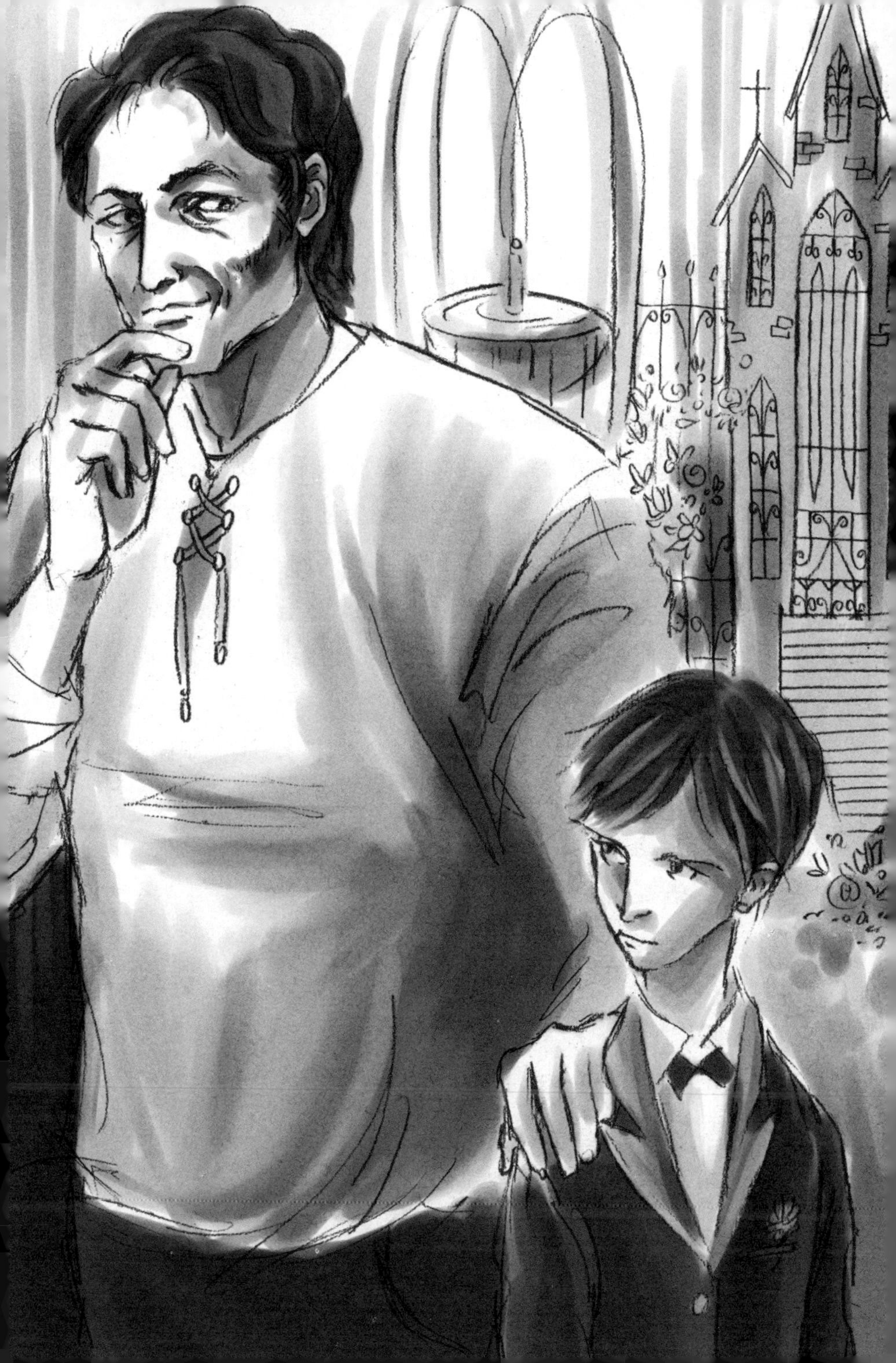

第安人在远处不声不响地走来走去,他不时朝离去的人群和教堂瞥上一眼,可一次也没有看我,好像他根本不晓得我在那里似的。可是我刚离开塞维利亚人,就听见背后有脚步声,回头一看,原来是老印第安人,离我才一两步路。

"我再跟你说一次,"老印第安人说,"黑珍珠是'恶魔魟鱼'的,我讲给你听是因为黑珍珠是你找到的。"

我没有回答他。一会儿工夫,我钻进了人群。我没有照原来打算的那样跟母亲和姐姐一起回家,却回到教堂去。我想跟加拉德神父谈一谈,把我脑子里的疑惑告诉他。加拉德神父不在祭坛后面的小房间里,我找来找去找不到他。

我走到圣母马利亚的神龛前跪下来,闭上眼睛,可是脑子里想的全是马勒多纳多岬角岩石上那些破碎的船、父亲的死和老印第安人的警告。我睁开眼睛仰望着圣母,望着她手里的黑珍珠,她伸出手,好像要我或者别人把黑珍珠拿去。

我站起来,朝教堂四周扫了一眼,教堂里空无一人。我叫着加拉德神父的名字,可是没人回答。于是我飞快地伸出手去,从圣母手里一把抓过黑珍珠,塞在口袋里,悄悄地沿着走廊往外走。

刚才进来时我把大门关上了。这时我把门拉开,刚

跨出两步,就迎面碰上了塞维利亚人。

"我回来取我的帽子,"他说,"但愿它还没让拉巴兹城的某个小偷偷走。"

我闪在一旁,让他过去。他却退后一步朝我看着。虽说他不过是扫了我一眼,可是我往前走时心里却在嘀咕,不知塞维利亚人有没有看到我这鼓鼓囊囊的口袋?

在我穿过广场时,我好几次转过身去,心里倒有几分希望老印第安人就跟在我后面。到了家门口,我又盼望他从树丛里出来。

晚上,一个看祭坛的孩子很快就发现珍珠不见了。教堂里的大钟敲了起来,我知道事情已经被人发现。

钟敲第一声时,母亲在写信,她搁下笔看着我。

"干吗要敲钟?"她问。

"叫大家去祷告呗。"

"可现在不是祷告的时间呢。"

"说不定有几个孩子在钟楼里敲着玩儿。"我说。

钟一声声响着。一会儿,加拉德神父气喘吁吁跑到我家门口来。

"神珠丢了,"他大声说,"丢了。"

"丢了?"我问。

"让人偷了!"

我跳起来,跟着神父跑回教堂。人们聚集在教堂外

面。神父带我走过走廊,指指圣母的神龛。圣母站在神龛里伸出手,手上空无一物,一群人跟我们进来,议论纷纷,猜测是谁偷了黑珍珠。有一个女人说黑珍珠是她认识的一个印第安人偷的;另一个男人说他看见一个陌生男人从教堂里跑出来。

我在听他们说话,女人们啜泣着,加拉德神父绞着他的双手,我的话已经到了嘴边:黑珍珠在我这儿,就在我房间里枕头底下,等一等,我去把它拿来。可就在这时,我又想起了马勒多纳多岬角岩石上破碎的船,我又听见老印第安人的声音,仿佛他本人就在教堂里,就在我身边,正在一本正经地重复他的告诫。

我悄悄地溜走,回到了家里。晚饭后,我把黑珍珠包在衬衫里,为了不让人看见,我兜了个圈子走到海边上。我找了好久才找到一条船,这条船的主人我认识。要想一路划得快些,这条船不太理想,因为船很大,难掌握,可又没别的船。

月亮升起来了,我开始朝"恶魔魟鱼"住的礁湖划去。当初老印第安人说"恶魔魟鱼"就住在礁湖里,我以为不过说说罢了,现在我倒有几分相信他的话是真的。

第十三章

塞维利亚人的诡计

将近拂晓,我来到礁湖入口处。这时退潮结束不久,刚开始转潮。我好不容易才把船划进黑黝黝的水道。

船到守护洞口的两块大石前,我发现礁湖隐没在一片浓重的红雾里,无法看到老印第安人住的湖对岸。就在这时,我听到一个声音,不过也许是我什么也没听见,只是感觉到有什么人或什么东西在我背后。

在这个漫长的夜里,我很少想到"恶魔𫚉鱼",就是想到,也没觉得害怕。老印第安人说过,"恶魔𫚉鱼"能变成人跑到拉巴兹城,甚至在教堂里进进出出,而且它在鲨鱼和小鱼群里又有朋友,把海上的所见所闻都告诉它听,那么它当然不会不知道黑珍珠就在我身上,而且正准备去物归原主。尽管如此,我在向南划的时候,还是朝着洒满月光的水面张望了好几次,看看有没有蝙蝠模样的庞然大物。我在张望的时候,脸上还带着几分笑意。

我又听得背后雾中一声响,接着从哗哗的流水声中

蹿出一个人的说话声,我立刻听出了这个声音。

"早啊,老弟。"他说,"你的船划得太慢了,我从拉巴兹跟你出来,划划停停,一大半夜净在等你,还打了个盹儿。是不是珍珠把你压垮了?"

"什么珍珠?"我尽量装得若无其事地问。

塞维利亚人哈哈大笑。"当然是黑珍珠。"他说,"听着,我们明人不说暗话,我知道你偷了黑珍珠。我站在门口,看见你偷的,你踏出教堂,我还看见你口袋鼓鼓囊囊的。你感到奇怪,是吗?为什么我要盯着你?好吧,我们讲好,不说假话,那就告诉你,我在教堂门口,那是因为我自己也想去偷。这话叫你大吃一惊,是吧?"

"不。"我说。

"两个贼碰到一块儿啦。"塞维利亚人又笑了起来,"好啦,现在话已经挑明,我们俩都是贼。你说你身上有没有黑珍珠?"

雾浓极了,我既看不见塞维利亚人,也无法断定他的船在哪里。

"就算你身上没有黑珍珠,那么告诉我,你是不是在这儿找到它的?"他的声音变得凶狠起来,"这两个问题,你都要老老实实回答我。"

在我们船漂泊的地方,红雾微微散开,阳光钻了进来。塞维利亚人就夹在我和魟鱼洞中间,比我原来想象的还要近得多。他手里握着一把刀,阳光照在上面闪闪发亮。我们对视着。从他脸上看得出来,一旦需要,他真会动刀的,尽管如此,我还是一声不吭。

"别以为我怪你偷了黑珍珠。"他说,"它干了那么多好事,真还不如当初把它送给魔鬼呢。我也不怪你不肯告诉别人发现秘密的地方。可是老弟,你得把黑珍珠交出来,然后我们谈谈别的事情。"

塞维利亚人把刀插进腰带。他的船向我靠拢,碰到了我的船头。他伸出手来要黑珍珠。

洞口黑黑的,离得不远,我看得很清楚。我从衬衫里掏出那颗珍珠,装出要给他的样子。可就在他伸手过来接的时候,我却把珍珠往空中一扔。黑珍珠越过他头顶,飞进了洞口,落在水里。

这种做法并不聪明。几乎在珍珠抛离我手的同时,塞维利亚人就一头钻进水里,往水底下游去。我操起桨,把这条笨重的船逆着水调过头去,我想把船划到礁湖远远的另一头去,找老印第安人帮忙。还没等我掉过船头,塞维利亚人已经浮上水面。他抓住一把桨,攀住了船舷,手里拿着那颗黑珍珠。

"你把它扔给魔鬼,魔鬼把它捡起来了。"他一面说一面从船边上爬上来,"现在去找我的船吧。"

他的船比我那条小,已经随波漂走了。我们追了上

国际大奖小说

去。我发现那条船里装满了航海需要的东西——粮食、一大罐水、一副渔具和一根铁渔叉,还有许多别的东西。塞维利亚人跨上他的船,招了招手,要我跟他上去。我不清楚他要找我干什么,坐着不动。

"快点儿,老弟,要不赶不上潮头了。我们还有许多路要走呢。"

"我要到岸上去,我和罗尚还有生意要谈。"

塞维利亚人从腰带里抽出刀来。我望着远处湖岸,巴不得老印第安人已经听到我们的谈话,跑来看看究竟是谁。可雾仍旧挡住了视线,看不到对岸。

塞维利亚人扬刀威吓,再次催我上他那条船。我没别的办法,只好服从。

"坐下来,别那么紧张嘛。"他递给我一副桨。

塞维利亚人脱下背心,把黑珍珠包起来,然后在我背后坐下。

"划吧。"他说。

水面上的雾开始往上升。我朝湖对岸望了最后一眼,可岸上一个人也没有,这时我感到犀利的刀尖抵在我的肩膀上。我抓起桨,漫无目标地划起来。

"往海里划,"塞维利亚人说,"我们要走的是那个方向。为什么要走这个方向?看来你迟早要这么问。告诉你吧,我们要到圭麦斯去。干吗要去那儿?去把黑珍珠卖

黑 珍 珠　90

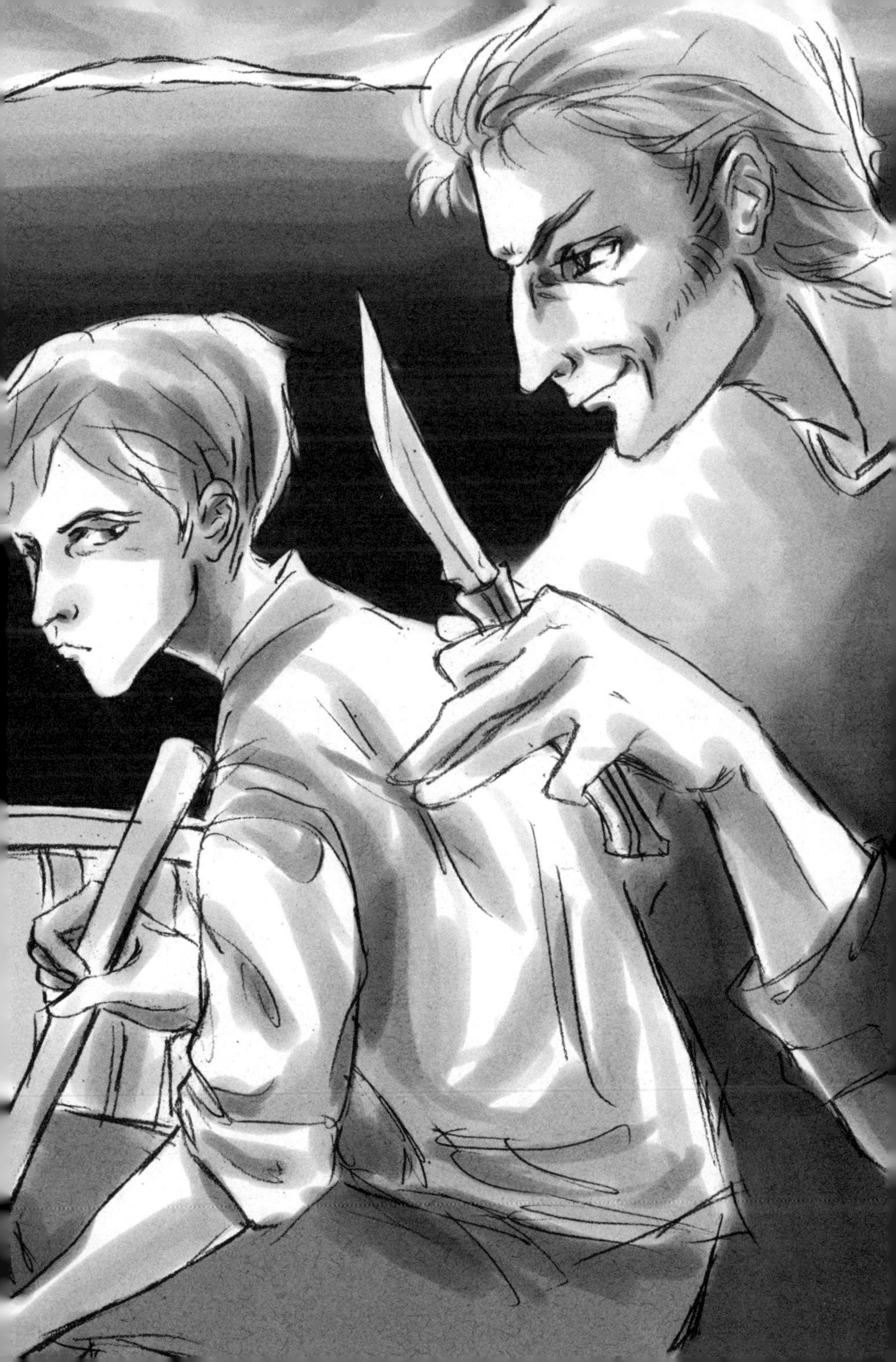

掉。你和我,我们俩合伙卖掉它,对于卡麦斯的珍珠商来说,赛拉查这个名字还是响当当的。因为这个缘故,我们俩去卖要比我一个人去卖多赚十倍钱。"

塞维利亚人忙于摆弄他的桨,不再吭声。我听见他把桨套在环扣里,心想现在不溜就没机会了,我可以从船边下水,游到附近的岸上去。塞维利亚人一定觉察到了我的意图,因为我觉得他那把刀又抵在我的背上了。

"我不能一边划船一边看着你,得由你来划。"他说,"别胡思乱想,老弟,潮水不等人,说转就转。"

我慢吞吞地划动船桨,绝望之中转了无数念头,可是没用,那把刀顶在背上,我只能照他说的去做。

船出了水道,我就是想游到岸上去也已经太远。塞维利亚人升起帆,调过船头,穿越佛密令海向东驶去。

第十四章

魟鱼追来

那天吹的是强劲的南风,一上午小船跑了许多路。中午我们吃了些塞维利亚人带的玉米饼子,后来我躺下来睡着了。黄昏醒来,我问塞维利亚人要不要让我来掌舵,他可以睡上一觉。

"不。"他咧了咧嘴说,"我不大相信你,老弟。我可能一睡不醒,要真是那样,十有八九你会调转船头,把小船驶回拉巴兹去的。"

话尽管这么说,塞维利亚人还是打起盹儿来,可就是打盹儿,他还是睁一眼闭一眼,一只手搭在刀柄上。他还把黑珍珠夹在两只赤脚中间,他的脚趾长长的,简直像手指一样。

南风减弱下来,升起了月亮。我看到船尾大约四百米远的地方有东西在翻动。那不是波浪,海是平静的。周围有许多鲨鱼,因此我只当是几条鲨鱼在猎食一群小鱼。过了一会儿我又看见水里有动静,这回月光映照在

国际大奖小说

一对鱼鳍的尖端上,只见那对鳍像翅膀一样铺展开去,缓缓地在水面上时沉时浮。这无疑是一条魟鱼。

那天我们已经见到过好几条魟鱼,它们不是晒太阳就是兴致勃勃地高高跃出水面。因此我没去注意游在我们后面的那条魟鱼,我睡着了。半夜前后,一种声音使我从梦中惊醒。

那声音虽然细小却近得很,犹如细浪滚到岸上发出的声响。忽然我发觉这并不是在做梦,就在月光底下,相距不到几丈的水里,清清楚楚有一条巨大的魟鱼跟在船后面浮游。

"我们有伙伴了。"我说。

"一个大伙伴,"塞维利亚人说,"我希望它游到前面去,我可以给它套上一根绳子,这样我们很快就能到达圭麦斯了。"

塞维利亚人对自己的想象哈哈大笑,我却一声不吭地坐着,目不转睛地注视游在我们船后面的大魟鱼。我毫不怀疑,这正是我入夜不久就看到的那条魟鱼。

"它闻到了玉米饼的香味。"塞维利亚人说。

到了白天,那条魟鱼仍旧在我们后面游。它游得不快不慢,不近不远,总和我们的小船保持相同的距离。它只是在微微摆动着一对大鳍,与其说它是一条游在水中的鱼,倒不如说它是一只在空中滑行的巨大蝙蝠。

"你还记得那次出海吗？"我对塞维利亚人说，"返航的时候你喊了声'恶魔魟鱼'，就把那个印第安人吓得要死。要是给他看看眼下这一条，真不知要把他吓成什么样子了。"

"魟鱼我见得多了，"塞维利亚人说，"我见到过的魟鱼中，这是最大的一条，鳍的两头有十步宽，重量少说也有两吨。不过它们是一种很友好的动物，它们是海里的蝙蝠，跟海豚一样和气。它们跟在我们船后面一整天也不会跟我们过不去。话可说回来，它们只要拍一拍鳍，甩一甩尾巴，就可以把你打发回老家。"

半个小时过去了，魟鱼这才游到我们前面去。它在小船旁经过，我清清楚楚看到了它的眼睛。它的眼睛是琥珀颜色，夹着一些黑斑点，看上去仿佛光盯着我一个人，而没有去看塞维利亚人。这一瞥我还瞅到了它的嘴巴，自然而然想起母亲说过的话："'恶魔魟鱼'有七排牙齿。"我心里暗自说："母亲错了。'恶魔魟鱼'没有上牙，只有一排下牙，这排牙齿非常白，不尖，不像刀子那样锋利。"

魟鱼掉转身回过来，围着我们游了个大圈子，又游到前面去了。不过第二次游回来时，圈子缩小了。小船在魟鱼掀起的波涛里颠来颠去。

"这位朋友有点儿叫人讨厌了。"塞维利亚人说，"要

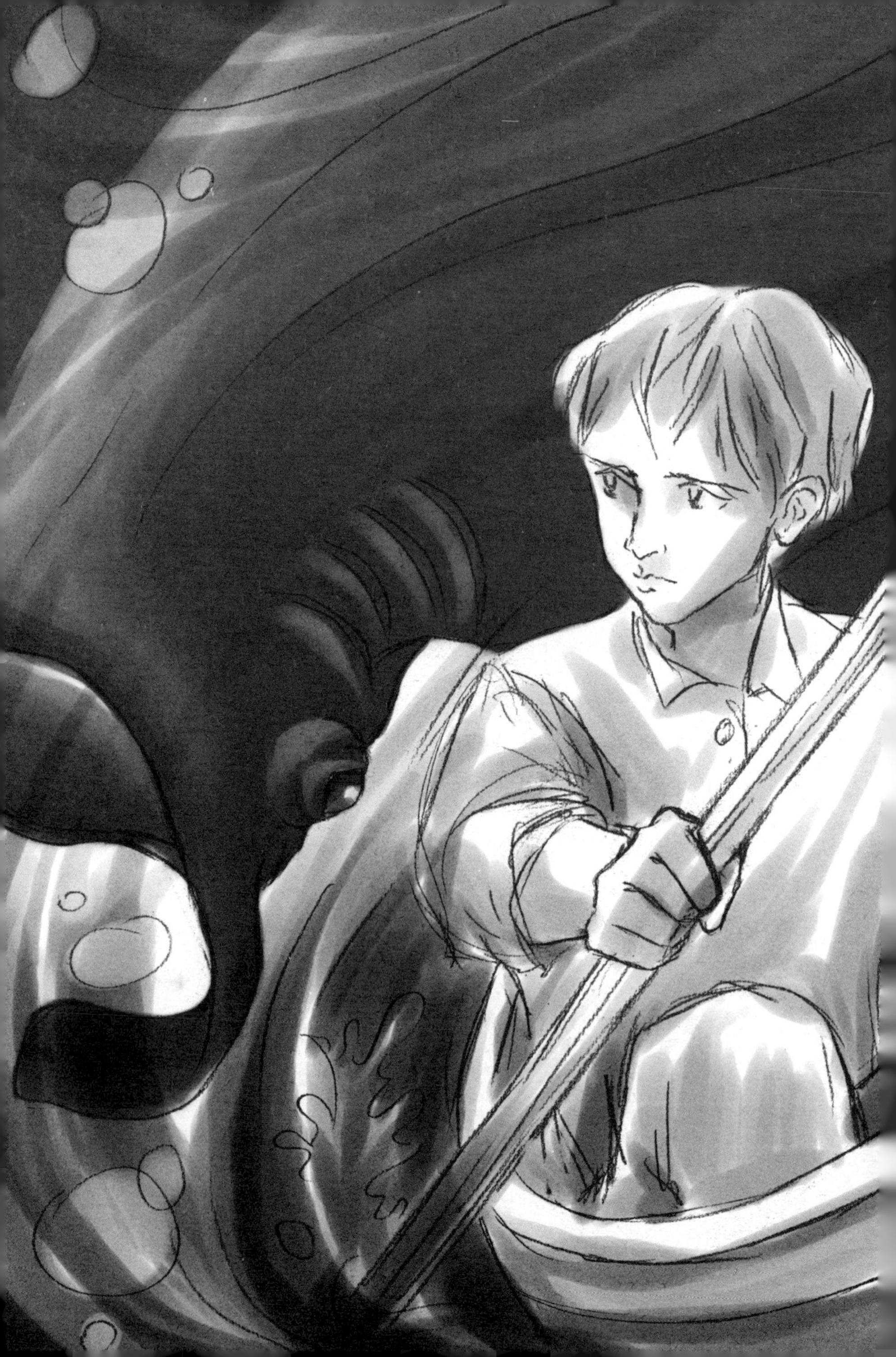

是它再游近些,我要叫它尝尝渔叉的滋味。"

我想跟塞维利亚人说:"你最好别去惹它,一渔叉对它来说只不过像给针扎一下罢了。"我还想说:"游在这里的不是一条普通的虹鱼,而是'恶魔虹鱼'。"可是我的嘴巴僵住了。

虹鱼游过时,我只觉得那双琥珀色眼睛死死盯住的是我而不是塞维利亚人。当初我还没有学会嘲笑"恶魔虹鱼"的传说,大人们常常把我当作小孩儿,拿这些传说来吓唬我,也许正是这些传说,现在又重新涌进了我的脑子,而且比以往更加神秘,所以我才产生了这种感觉。是不是这回事情,我不知道,我只知道自己一下子断定在那里游动的大家伙就是"恶魔虹鱼"。

圈子越缩越小。我们是圈子的中心——包括船、塞维利亚人、我和黑珍珠——这一点我毫不怀疑。

小船开始剧烈地摇晃,水泼了进来,为了不让船下沉,我们俩只好用帽子来舀水。前面半英里,也许还不到半英里处有一个小岛,叫作死岛,这是因为岛上居住着一个印第安部落,据说凡是登上岛的外人,不管他是去捕捉海龟还是去干别的什么事情,都要遭到他们的杀害。

"你舀水,别停下,我来划船。"塞维利亚人说,"我们到死岛上去。"

国际大奖小说

"我也情愿到死岛上去冒一冒险。"我说,我没有更好的选择。

"恶魔魟鱼"好像知道我们要干什么,游开去一段距离,然后沉下去不见了,它让我们平平安安靠上了死岛。

第十五章

登上死岛

死岛跟所有佛密令海上的小岛一样，一片不毛之地。可它有一个背风的小海湾，海湾里有一片沙滩，千百只海龟在这里下蛋。我们进了海湾，把船拖上岸，然后爬上海湾后面的一座小山。从山上可以一目了然俯瞰整个死岛。

死岛很小，大部分都是平地。印第安人在岛的南端露天生活，没有房屋。我们从山上看，只见黑暗中燃着一堆堆篝火，火堆四周围是印第安人，他们的独木舟在岸上整整齐齐排成一溜儿。因此我们确信，没人发现我们划船驶进了那些黑不溜秋的海湾。

我们把小船翻过来，倒出船里的水，这些水差点儿把我们淹死。我们吃了好多玉米饼子，这时天已黑了。

"我们等它一个小时，"塞维利亚人说，"让魟鱼有时间再去找一条船跟踪上去。"

"我们就是等一小时，等一天，"我说，"它也还是不

会游开的。"

"你这话是什么意思？"

"我是说，等在外面的是'恶魔𫚉鱼'。"

天太黑，我看不清塞维利亚人的脸，不过我知道他在盯着我看，好像我的脑子完全不对头了。

"圣母马利亚！"他大声说，"我知道那些愚蠢的印第安人相信'恶魔𫚉鱼'，可你是上过学的人，你会念书，又是大名鼎鼎的塞拉查家族的一员，竟也会相信这种鬼话。哦，圣母，真叫我吃惊！"

"还有呢，"我说，"它是在外面等黑珍珠，不拿到黑珍珠它是不会走的。"

倚在船身上的塞维利亚人站了起来，走到我坐的地方。

"要是我把黑珍珠扔进海里，𫚉鱼就会叼着它游走，不再找我们麻烦，这是你的意思喽？"

"是的。"

塞维利亚人转过身去，走到小船边，在船板上，嘭地蹬了一脚。我猜这是在表示厌恶，接着他在夜色里走开了，似乎希望避开我，走得越远越好。

月亮升了上来。不一会儿，我听到山上一阵微弱的鸟叫声和窸窸窣窣的声音，什么东西惊动了傍晚飞进巢里的燕鸥。我朝上一望，只见一个人影在夜空中闪动。

我一跃而起,不过没有去叫塞维利亚人。这是一个脱身的机会,我可以爬上山去,告诉站在那里的印第安人为什么我登上了这个小岛。他说不定会帮忙的,因为他不会不知道"恶魔魟鱼"。

这是个冒险的计划,要不是塞维利亚人也看见了这个印第安人,倒很有成功的可能。

"快走!"塞维利亚人大叫一声。

我看看山头上的印第安人,犹豫了一阵子。巢里的燕鸥开始大声尖叫,拍打翅膀到处乱窜。我由此断定已有其他印第安人从居住地赶到山上来了。

塞维利亚人奔到小船那里,把它翻过来,又把放在沙滩上的东西扔到小船里。

"快点儿!"他朝我喊道。

我走过去,帮他用力把小船推到水里。黑珍珠在什么地方,藏在船里还是藏在他口袋里,我一点儿也不知道。

"说不定你喜欢待在这儿。"塞维利亚人说,"死岛上的印第安人会在沙子上挖个洞,把你埋进去,只露出个脑袋,让海龟啃你的脸,不过说不定你情愿这样也不情愿跟'恶魔魟鱼'打交道。"

小船浮动了,塞维利亚人已经抓起了桨。

"你走不走?"他说。

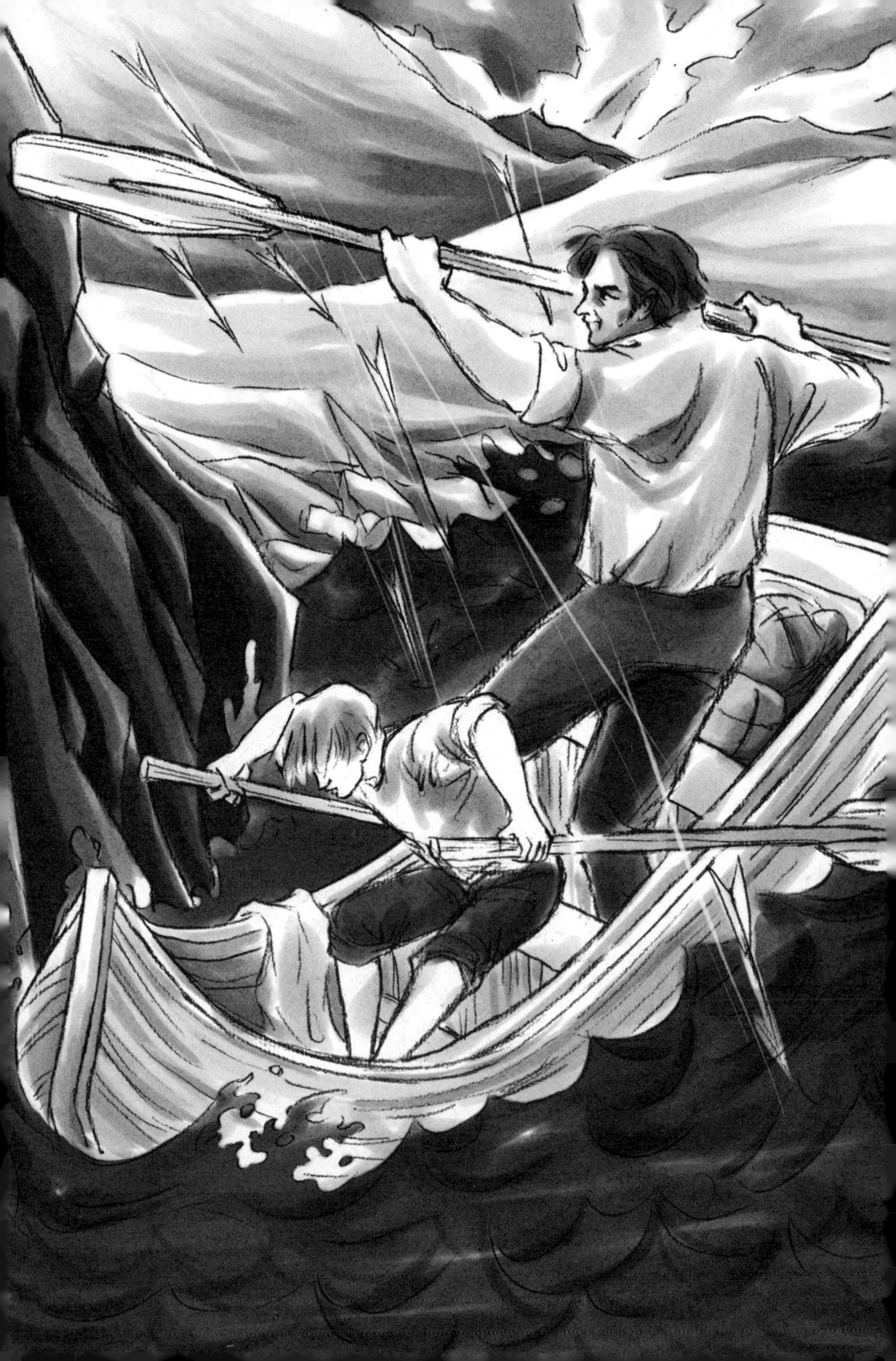

山上射来一阵雨点般的乱箭，落在沙滩上。现在除了赶快上船，我没有第二条路可走。我刚刚上船，第二阵箭已经射来落在我们四周的水里。

月亮几乎圆得像个银盘，天空一片明净，大海伸展开去，仿佛铺上了一床巨大的银被。"恶魔魟鱼"已经无影无踪。尽管风平浪静，塞维利亚人还是扯起了篷帆。我们两人拼命划桨，生怕印第安人乘独木舟追上来。我们还能听到印第安人的叫嚷声，不过他们并不想下海追赶。

船驶离死岛，背风的海湾才有微风为我们送行。塞维利亚人根据北极星重新调整了篷帆，然后驾船沿着月光映照的水路向东而去。

第十六章

重返海洋

黎明时,死岛已被我们甩在后面。空气沉闷,海面上几乎看不见一丝波纹,四周笼罩着淡淡的红雾。一个多小时之内,我没有发现"恶魔魟鱼"的踪影。

过了一个多小时,一条比我手臂还长的长嘴鱼腾地跃出水面,像子弹一样从我旁边飞过。我听得见它的绿色牙齿在咯咯打战。长嘴鱼向来以大胆出名,我想看看究竟什么东西把它吓成这样,我转过身,只见海水在船尾掀起一个大浪,一条魟鱼从浪涛中冒出来。

魟鱼在一阵雨点般的浪花中高高升起,一直升到半空,我以前从来没有看到过一条鱼跳得那么高,高得我能看到它肚子底下雪白的肉和甩动的长尾巴。它看上去像是在空中停了一停,把四周细细看上一眼,这才霹雳一般轰一声落在水中。

"你的朋友在卖弄本领。"塞维利亚人说。他说话还是一副满不在乎的样子。

我看着他心里实在纳闷儿。到了这时候,他还不明白跳到空中的是"恶魔魟鱼",还不明白"恶魔魟鱼"为什么要这么干。

塞维利亚人把黑珍珠从他脚中间取出来,塞在大水罐后面船尾的木板缝里。他拿起了渔叉。

"我杀死过九条魟鱼。"他说,"它们比同样大小的鲸鱼好杀得多,因为它们没有鲸鱼那样厚厚的脂肪,就是比起长尾鲨、虎鲨、大灰鲨和六个鳃七个鳃的鲨鱼,魟鱼也好杀得多。"

"恶魔魟鱼"沉下水不见了,直到将近中午我才又看见它。一阵微风吹来,吹皱了海水。说不定在塞维利亚人大谈杀死魟鱼如何容易,讲他在何处杀死九条魟鱼的时候,"恶魔魟鱼"一直就游在我们后面很近的地方。

我先看见它那对像翅膀一样的大鳍,接着在它游过小船的时候,我又看见它那对琥珀色的眼睛,像上次那样转过来看着我,它的眼神跟说话一样明白:"黑珍珠是我的,把它扔到海里来。它给你带来过灾难,你不把它还给我,灾难还将跟着你。"

这个时候,我准是出于担心,一个人嘀嘀咕咕来着,所以塞维利亚人斜着眼瞧了我半天。最后他确信自己在跟一个小娃娃或者疯子打交道。

"恶魔魟鱼"刚好游在渔叉"射程"之外,它雄赳赳地

游到我们前头,放慢速度绕上一个大圈子又回过来。塞维利亚人手握一根沉甸甸的渔叉,两脚叉开,一条腿顶着舵柄。他在等"恶魔魟鱼"游过来。

黑珍珠放在我够不到的地方,要拿到它就得从船这一头爬到那一头。我的一举一动都在塞维利亚人眼里,所以我决定等到魟鱼游近些,塞维利亚人的注意力集中到魟鱼身上去的时候再说。

塞维利亚人又一次看着我。"有些事情我刚明白过来。"他的口气十分温和,就好像在哄小孩儿或失去亲人的人,"你从圣母那里偷走了黑珍珠,因为她没能保护你父亲的船队;你走了一整夜赶到发现黑珍珠的礁湖来,那是你想把黑珍珠还给'恶魔魟鱼'。是这样吗?"

我没有回答他。

"好吧,让我来讲点儿东西给你听听,这都是些你不知道的事情,而且除了加斯泼·路易斯,谁也不知道。"他望着"恶魔魟鱼"沉默了一阵子,"要不是为了一件小事,说不定此时此刻,就在这同一天底下,你父亲的船队也许正在海上航行,或者太平无事停泊在拉巴兹港口;你父亲也许正坐在自家的院子里,吃着烤小猪,喝着美酒呢。"

我心里一腔怒火,尽管我坐着一动不动,也一声不响,塞维利亚人还是从我脸上看出来了。

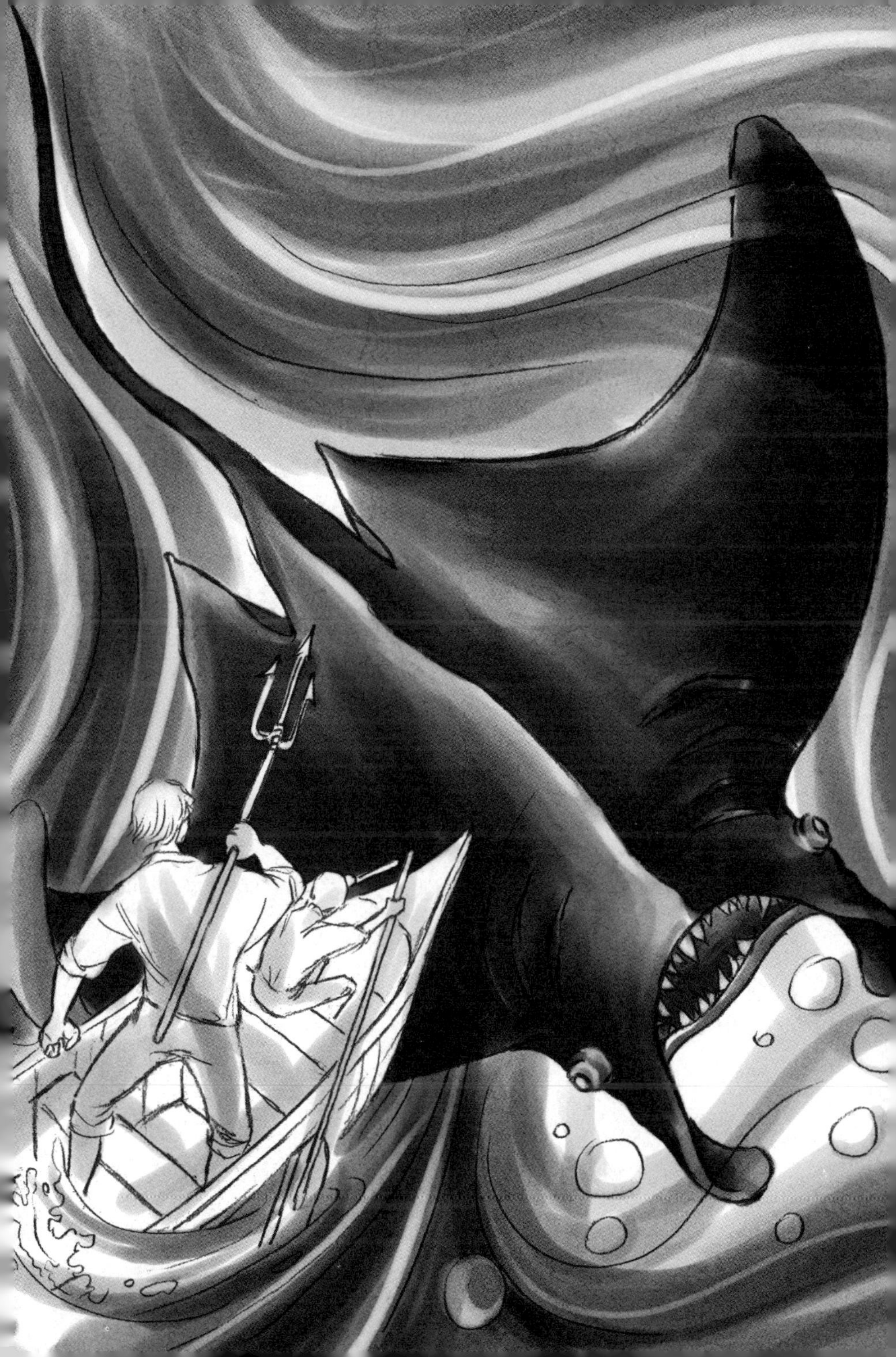

国际大奖小说

"别激动,"他说,"我不过是想告诉你,为什么船队会在马勒多纳多岬角出事。你父亲是个好船长,整个佛密令海上谁也比不上他,可是你父亲却把他的船,把他的人,在一次风暴中全报销了,这次风暴在他们的经历中并不是最可怕的。你也许会问这是为什么?"

"我什么也不想问。"

"可我还是要告诉你,老弟。看来要摆脱这条魟鱼还要费一点儿时间,在我忙得顾不上看你的时候,你也许会想到个傻念头,把黑珍珠往海里扔,要真这样,那我只好拧断你的脖子了。这才叫冤枉呢,因为你父亲的死跟魟鱼没有丝毫关系。"

"恶魔魟鱼"仍然在悠闲地上下游动,它那对漂亮的黑鳍离我们很远。看来它并不急于袭击我们。塞维利亚人把渔叉绳的尾部系在船上,然后把其余的绳子整整齐齐盘成绳圈放在脚边。

"暴风雨到来之前,"他说,"南边天空布满了那种叫人担心的乌云。我跟你父亲说,我们应该掉转船头,到拉斯阿尼玛斯去避一避。他却笑我,说现在是顺风,可以送我们赶在风暴之前回到港里。这是一个极错误的决定,他所以作出这个决定是因为他把黑珍珠当作礼物献给了圣母。固然,他没有把黑珍珠挂在嘴上,是的,他确实一次也没提到过。我们站着争论的时候也好,狂风吹赶乌云的时候也好,他一次也没提到黑珍珠。可是他脑子里一直都在想着它,我看得出来。黑珍珠在他脑子里占据的位置太大,太了不起!我从他说话的神态里看得出来。"

塞维利亚人停了停,下巴一扬,模仿父亲当时的样子。这使我想起父亲在客厅里把黑珍珠交给加拉德神父的情景,以及后来他跟我母亲说上帝将从此永远保佑"赛拉查父子珍珠行"的情景。

塞维利亚人接下去说:"你父亲说话那股神气,仿佛对风暴和一切事情都蛮有把握。我看得出来,他这是认为上帝在替他撑腰。"

塞维利亚人的一个手指在渔叉铁钩上抚了一遍,又从头到尾仔细看了一遍渔叉,试做了几个投刺动作。他一边做一边问我:"要是你有一次重新选择的机会,你会不会从圣母手里把珍珠偷走?"

我被刚才听到的事情和他提出的问题弄糊涂了,不知如何回答才好。还没等我开口把话说清楚,他又说:"不,拉蒙·赛拉查不会去偷黑珍珠。既然已经知道船队为什么出事的,他当然不会再去偷黑珍珠,他也不会从他的好伙伴加斯泼·路易斯那里把黑珍珠偷走的。"

塞维利亚人在等我的回答,可我没开口。我坐在船头,望着在我们后面自由自在游动的"恶魔魟鱼"。我已

经打好了主意:要是塞维利亚人杀死了"恶魔魟鱼",我该怎么办;要是他失败了我又该怎么办。不管他成功还是失败,我心里对我必须干的事情已经一清二楚,不过我不愿意告诉塞维利亚人。

第十七章

浴血奋战

"恶魔魟鱼"又一次从我们旁边游过,渔叉还是刚好打不着它。魟鱼兜了一大圈又游回来。那天上午,魟鱼第三次游经小船,离得比前两次近了些。这一次,它那对琥珀色的眼睛盯在塞维利亚人身上而不是盯在我身上,看来它是在挑逗塞维利亚人投出他的渔叉。

塞维利亚人怪吼一声,接着我听见渔叉哧溜一声飞离了他的手。后面的绳子也像一条蛇似的扭动着向上直蹿过去。忽然圈绳绊住了我的脚,咚一声把我甩在船边。我一时还以为要被拖到海里去了,后来不知怎么绳子又松了下来。

我趴在船舷上,看着长长的渔叉在空中划了个弧线往下栽去。那渔叉不偏不倚正扎在魟鱼两个铺开的大鳍中间。

一会儿,系在渔叉上的绳子嘣的一声拉紧,小船从海里跳起又重新落下,震得我牙齿咯咯作响。接着小船

在水里忽前忽后晃荡了几下。绳子第二次绷紧时，小船又开始朝前飞跑。

"你那位朋友带我们走的方向刚好对头。"塞维利亚人怡然自得地把着舵，倒像是去参加一次宴会。"照这样的速度，明天我们可以到圭麦斯了。"他说。

可是魟鱼朝东只游了一程，就掉头往西游去。它游得很慢，连水都不泼一滴到船里来，好像它一点儿也不想给我们找麻烦。魟鱼游得笔直，就是我用指南针导航也不会比它更直，它要去的地方我和塞维利亚人心里都很清楚。

"现在你的朋友带我们走的方向不对头了。"塞维利亚人说，"不过这些魟鱼支持不了多久就会疲倦的。"

然而上午过去了，到了中午"恶魔魟鱼"还在慢吞吞往西游。

这时候塞维利亚人有点儿沉不住气了，头上的宽边帽也歪在一边。他不再把舵，却将舵柄往我手里一塞，站到船头上去。在船头上，他清楚地看到这个海怪把渔叉不过当作一根小刺。

塞维利亚人不时喃喃自语说几句，后来他看我时，眼睛里有一种异样的光彩。我猜疑他是不是最终明白过来，那个他看不上眼的对手不是一条普通的魟鱼，而是"恶魔魟鱼"。

用不着我多费时间去琢磨。就在小船跟死岛平行时，塞维利亚人腾的一下站起身来，从腰带里抽出那把软木柄长刀。我以为他想割断那根把我们跟精力充沛的魟鱼牵在一起的绳子。塞维利亚人说不定一时也有过这种念头，不过他后来却咒骂了一声，把刀子放在一边，去一把一把使劲儿拉拽绳子。

塞维利亚人费劲儿地一点儿一点儿把小船拉向前去。"恶魔魟鱼"游在平静的海面上，既不改变速度也不改变方向。我们终于靠近了它，近得几乎可以伸手抓到它那根长长的尾巴。

塞维利亚人把绳子牢牢系在船头上，扔掉帽子，脱去衬衣，从腰里拔出刀子，他深深吸一口气，然后再吐出来，一呼一吸连做了三次，像是准备下海做一次长时间潜水似的。

塞维利亚人这么做时，脸带假笑，动作有如演戏一般，仿佛他是一个魔术师正在为登台表演做准备。我感觉得出，他心里发誓要杀死"恶魔魟鱼"，不管时间多长代价多大。他要以此来证明，加斯泼·路易斯毕竟是个比我想象中还要勇敢的男子汉。

我本来以为自己已经忘了塞维利亚人和我之间的宿怨，我以为找到黑珍珠以后这种怨恨已一笔勾销。现在看来我是想错了，它并没有了结。

我坐在船上，双手交叉在胸前，看着摩拳擦掌准备跟"恶魔魟鱼"拼个死活的塞维利亚人，旧日的憎恨又一股脑儿涌上心头。我跳起身，从鞘里抽出我那把刀，这是一把快刀，可是我绝不会选这一把刀去跟"恶魔魟鱼"搏斗。现在我明白世上能用来跟"恶魔魟鱼"搏斗的刀还没有呢。

"我们一起杀死它！"我叫喊着。

塞维利亚人看看我的刀，又看看我，哈哈大笑起来。"用这把刀，你连魟鱼老奶奶也杀不了。"他说，"坐下，抓住船边。魟鱼一往水里钻，你就砍断绳子，要不然，你会连人带船被它一起拖下水去。还有，老弟，你记住这点，别去碰黑珍珠！"

一转眼，塞维利亚人纵身一跳，落在魟鱼宽大扁平的背上，他脚一滑跪倒了，跟着就朝那根嵌在魟鱼肉里的渔叉爬过去。塞维利亚人一手抓住渔叉杆，一手拔他的刀。

塞维利亚人跳到魟鱼背上，顺着魟鱼脊梁骨爬去，后来他抓住了渔叉杆。这段时间里"恶魔魟鱼"一直在平稳地游动，一半身体在水里，一半身体在水上，漆黑的鳍一沉一浮，一点儿变化也没有。我简直怀疑"恶魔魟鱼"是否感觉到背上有了一个人。

身强力壮的塞维利亚人用尽全身气力，喀嚓一声把刀子刺进魟鱼脖子,深得不能再深。"恶魔魟鱼"全身一个震颤,哗一声跃出水面,又轰隆一声落下来,尾巴呼一下在我头顶上掠过。

海水从魟鱼背上带走了一缕缕鲜血。刀子第二次扎进去……"恶魔魟鱼"尾巴抽打着海水,喉咙里发出一声低沉的呻吟,它把鳍抬过脊背,像是要把塞维利亚人扫下去。接着它往水里钻去。绳子一下子绷紧了,小船箭也似的射出去,船上的东西全翻在海里。

在这个海怪隐进水里的一刹那,我根本就来不及按照塞维利亚人的吩咐把绳子砍断。

转眼间小船给拖得歪向一边往水里陷。浪头把船头抛了起来,快得只有吸一口气的时间。就在船钻进浪谷的一刹那间,绳子有几股断掉了,只剩下最后一股又把船拖了一阵才断开。

塞维利亚人跪着,双手抓着渔叉。他准是想把铁钩扎得更深些。魟鱼的鲜血四处喷溅,挡住了我的视线。断绳的一头回弹过去缠住了他,好像孩子们在五朔节拉着彩带围绕花柱旋转,把手一松,彩带便缠在花柱上一样。[①]

[①] 五朔节花柱:五朔节为庆祝春天的节日,五朔节花柱是庆祝活动中饰有鲜花和彩带的柱子。

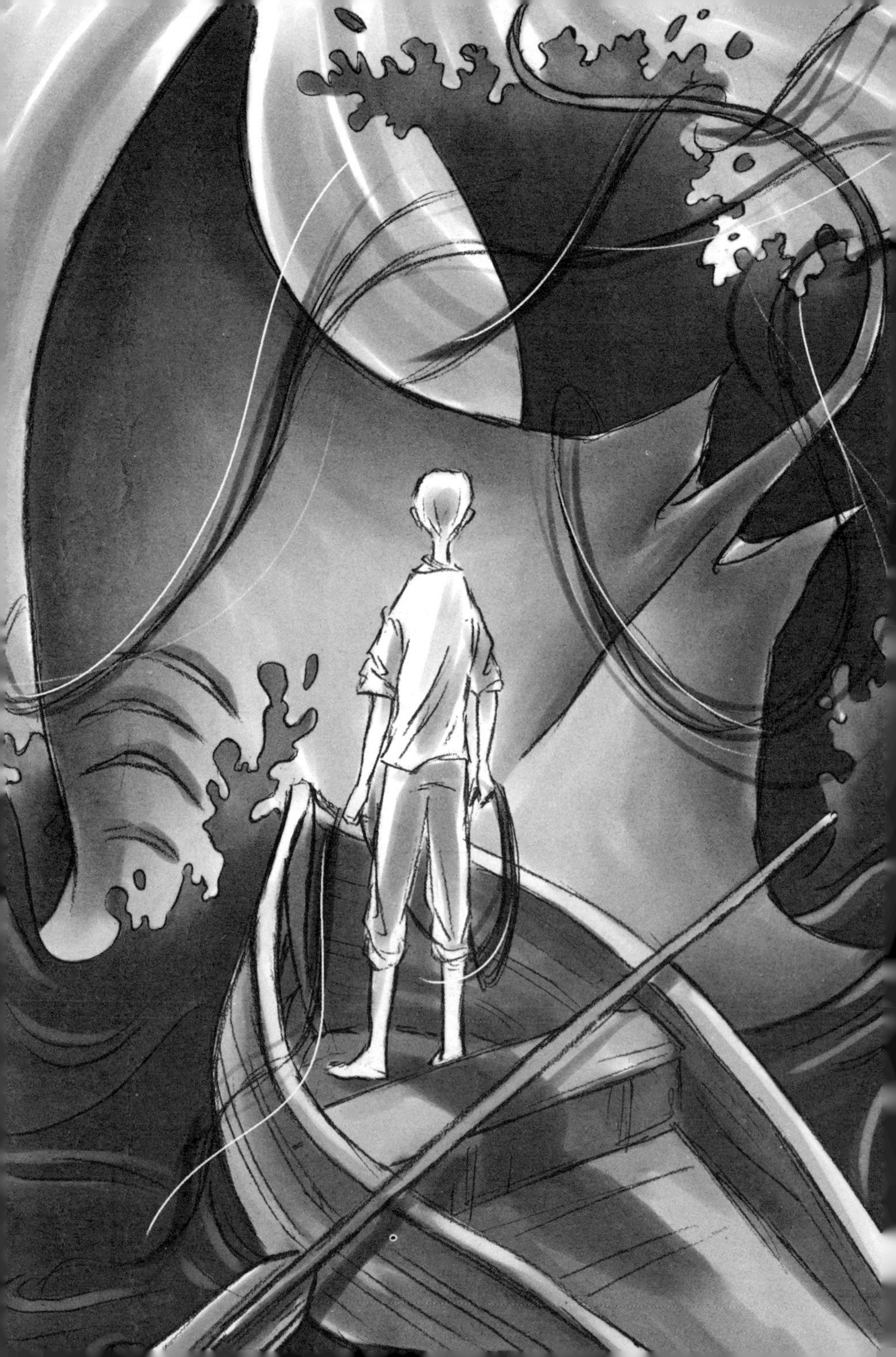

塞维利亚人没说一句话,也没叫喊一声。他的背转向我,我一眼瞥见他身上那最令他得意的刺青,画面横贯他宽阔的肩膀,颜色有红有绿有黑,刺的是他在杀死一条足足有一打触手的章鱼。轰隆一声,塞维利亚人和他的对手一齐沉了下去,手里还抓着那杆渔叉。

我把小船拾掇了一下,过了一会儿,又找到了漂在水上的桨。我在塞维利亚人沉没的地方划来划去,全找遍了,只看见一团水泡,塞维利亚人的软木柄刀刀尖朝下漂在水泡当中。

太阳下山时,我开始划船回拉巴兹去,这时我才想起黑珍珠。黑珍珠还在船尾塞维利亚人放的地方。船上所有的东西里,只有它没有被抛进大海。

第十八章

崭新的一天

我进港时,拉巴兹城还在睡梦之中,不过鸡正在啼,不多会儿太阳就要出来了。

我把小船拖上岸,脱掉了鞋,把两只鞋系在一起,挂在脖子上。我赤着脚轻轻走过马勒康街,不去惊动睡在树下的野狗和躺在门前的流浪汉,随后沿着一条弯弯绕绕的小道走上山去。穿过广场时,早晨的第一缕阳光已经射在教堂的尖顶和大钟上。

我吱嘎一声开了门,声音很响。我躲在暗处,等到确信没人听见响声才走进去。

一走进拉巴兹城教堂的大门,迎面就有一排木屏风,凡是教堂的告示都钉在上面。只见木屏风当中有一张很大的布告,比旁边所有的布告都醒目。那张大布告悬赏一千比索捉拿偷盗圣母珍珠的窃贼。我撕下了这张布告,塞在口袋里。

教堂里一个人也没有,只有几支蜡烛在祭坛里燃

烧。

我穿过祭坛，走到贝壳状的神龛前。海上圣母站在神龛里，头戴花环，身穿白衣裙，脸上仍旧堆着甜甜的微笑。

我把黑珍珠放在她掌心里，心里不由得想起塞维利亚人和"恶魔魟鱼"。这条漂亮的、魔鬼般的魟鱼，尽管许多人都说看见过它，可是真正亲眼目睹它的人只有两个，这一点活着的人迟早会知道。

我快步走过教堂侧廊。到了门口，我又停下来往回走。我爬上通向钟楼的长梯。钟楼里有三口铜钟。

整个拉巴兹城就在我眼下。妇女和睡眼惺忪的孩子头顶水罐到泉边去汲水；一缕缕刚从烟囱里冒出的蓝色炊烟随处可见；我家大门前的鹅卵石地上，一个印第安女人在扫地。那是露丝，她丈夫也跟船队一起沉没在马勒多纳多。

三口大铜钟就吊在我身旁，我使劲儿地来回拉动钟绳。钟响了，人们从屋子里跑出来，打听为什么敲钟。要知道早弥撒还有一个钟头呢。

我解下脖子上的鞋，穿在脚上，又用力拉了一下钟绳。等我走到楼梯下面时，教堂里已经挤满了人，因此，谁也没有注意到我，我很容易就溜了出去。

外面，金色的阳光洒在屋顶上，钟声还在城市上空

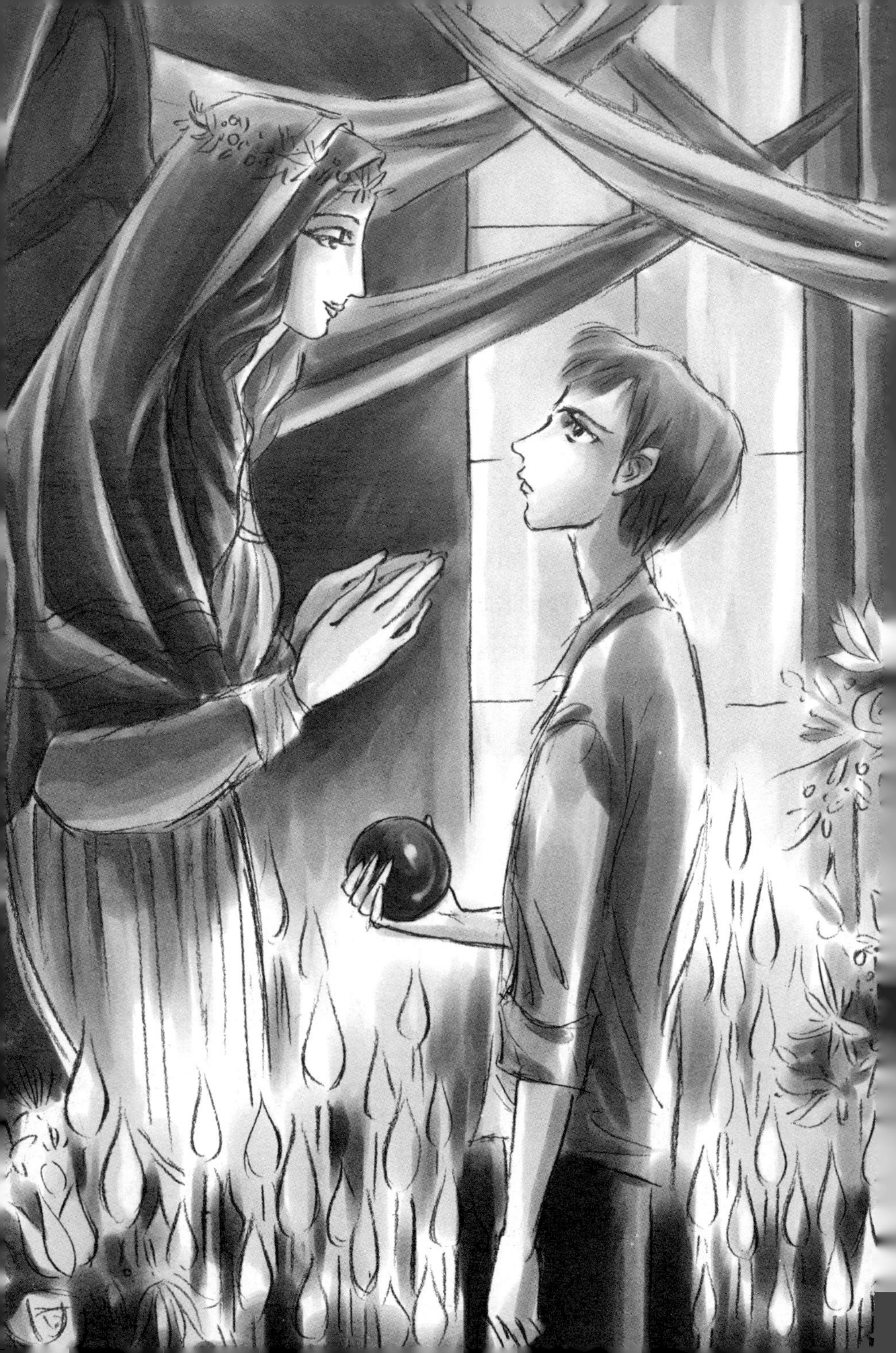

回荡。钟声也在我心里回荡,因为这是崭新的一天,从这一天起,我成为大人了。我成为大人,不是在我成为"赛拉查父子珍珠行"合伙人的那天,也不是在我找到"神珠"的那天,而是在这一天。

空中回荡着钟声,我在金灿灿的阳光中走回家去。一路上我在动脑筋编一个讲给我母亲听的故事,因为她不会相信发生的事情。如同我不相信她以前讲的"恶魔魟鱼"的故事一样,她也不会相信我现在讲的"恶魔魟鱼"的故事。

每个人都是一颗珍珠

左 昡/儿童文学博士

成长，正如同珍珠形成一样，是一个既疼痛，又美妙的过程。

继以印第安小女孩卡拉娜的海岛生存记打动全世界的《蓝色的海豚岛》之后，美国作家斯·奥台尔为全世界的孩子奉献了又一部精彩绝伦，并且值得不断回味的佳作——讲述少年拉蒙成长故事的《黑珍珠》。

如果说《蓝色的海豚岛》让人想起笛福的名著《鲁滨孙漂流记》，《黑珍珠》则让人想起海明威的不朽之作《老人与海》。同样是面对大海，古巴老人圣地亚哥与马林鱼、鲨鱼和自身意志进行搏斗，谱写了一曲献给永不言败的人类意志的颂歌，而少年拉蒙则与恶魔魟鱼相遇,围绕一颗"世界上最好的珍珠"展开了从身体到心灵的搏击,高唱出一首对交织着困惑与追寻的少年成长的赞美诗。

少年拉蒙和许多男孩一样,在还是孩童的时候,便不可遏制地渴望自己能够快点儿长大,成为和父辈一样,甚至超越父辈的创造奇迹的英雄。他渴望跟父亲一起出海,渴望能采到谁也没见过的极品珍珠,渴望能让见多识广的塞维利亚人刮目相看。可是,在拉蒙的成长道路上,充斥着来自四面八方的声音:父亲的教导、印第安人的警告、塞维利亚人的夸夸其谈、母亲的恐吓、神父的说教、拉巴兹城居民的议论……这些声音像潮水一般涌来,或急或缓,一波接一波地冲击着少年的心灵,动摇着少年的意志。而在这些声音中,有一个名字被反复提到,那就是"恶魔魟鱼"。

"恶魔魟鱼"是《黑珍珠》中一个独特的隐喻。它巨大、凶猛、危险,神秘地存在于传说与现实之间,象征着少年成长过程中对未知命运的恐惧与困惑。而与之相对应的是"黑珍珠",它神奇、珍贵,象征着少年成长中必需的勇气和智慧,也成为成长完成的标志。值得注意的是,黑珍珠刚被拉蒙发现时,尚带有一丝瑕疵,并不完美,只在父亲对它进行加工后,它才变成了"一颗世界上最好的珍珠,一颗完美无比的珍珠,一颗名贵的'神珠'"。这

个细节悄悄地向我们传达着作者对成长的理解：只有经历冲击、动摇和磨砺，少年的心智才能走向完美；只有坚定地经历过这一切，做出自己的决定，坚持自己的道路，少年才能够真正成人。拉蒙经历了采珠、卖珠、送珠、疑珠、偷珠、护珠、还珠等种种过程，通过与环境的干扰和阻碍、与自身的恐惧和困惑之间的角力，终于摆脱他人、他说的束缚，找到自我，迈出了成长的关键一步。作品的最后，拉蒙将黑珍珠重新放回教堂——这一次，不是父亲的决定，无关乎印第安人或塞维利亚人的警告或威胁，也不是为了实现母亲和姐姐的欲望，而是拉蒙自己做出的重要决定——直到这时他才感叹道："从这一天起，我成为大人了。"

饶有趣味的是作品的结尾，拉蒙准备动脑筋编一个讲给母亲听的故事，和母亲讲的"恶魔魟鱼"不一样的，属于拉蒙的"恶魔魟鱼"故事。这意味着少年拉蒙将以独到的眼光来看待并解释这个世界，他将凭此真正与父辈进行对话。这种感觉是美妙的，就如同金灿灿的阳光，将少年拉蒙的身体与灵魂照得透亮。

《黑珍珠》的魅力不仅在于对成长意义的阐释，还在于它的整个故事都充满活力。一颗黑珍珠的发现，带来了荣誉、财富、恐惧、猜疑、死亡，少年拉蒙平静的生活因为一颗黑珍珠而变得波澜起伏，这种以小见大、环环相扣、张弛有度的笔法为成长故事注入了饱满的戏剧张力,整部作品层次丰富、内涵多义,显示出作者从容、纯熟的故事驾驭能力,令整个故事从里到外熠熠生辉。也正因为此,《黑珍珠》才能经过半个世纪的时间考验,成为文学经典——它不仅能打动少年读者的心,也足以让成年读者反复欣赏,细细品味。

世界,就好像一片无边无际的海洋,里面蕴藏着无数生命的秘密,而时光则如同海底沉睡的贝壳,默默无言,却一刻不停地在它的体内孕育着各种奇妙的变化。每一个人,都是世界里的一粒微尘,这粒微尘从无知的冥冥中被抛到世间,却可以在时光的贝壳里慢慢变得丰厚,变得圆润,变得有光泽,变成一颗独一无二的珍珠。《老人与海》因为歌颂人类永不言败的意志而不朽,《黑珍珠》则将因赞美少年永不停滞的成长脚步而永恒。